Robin,
le jour où le ciel se déchira

Annick et Bruno Richard

ROBIN,
LE JOUR OÙ LE CIEL SE DÉCHIRA

Éditions Jacob-Duvernet

Sommaire

Préface

La première fois que j'ai rencontré Robin, ce qui m'a frappé, ce n'est pas son handicap, c'est la vie que l'on voyait en lui.

C'est cette vie qui nous a poussés, avec ses parents, avec le député Éric Diard, avec mon chef de cabinet Matthieu Gressier, avec les professionnels de santé, à tout essayer pour l'aider à s'en sortir.

Dans des situations humaines aussi difficiles, il est bien évident que personne n'a de baguette magique. Personne ne peut faire de miracle. Reste que mon devoir en tant que ministre de la Santé était de tout mettre en œuvre pour trouver une solution adaptée aux besoins de chacun, quelle que soit la nature du drame qu'il traverse. La solidarité, voilà ce qui fait la force de notre système de santé.

Ici, à cas exceptionnel, moyens exceptionnels : il fallait trouver le centre le plus adapté à la situation de Robin comme les équipes soignantes les mieux à même de le prendre en charge.

Je tiens à rendre hommage à tous les acteurs de la chaîne de solidarité qui s'est ainsi formée, ces professionnels de santé qui, chaque jour, font un travail fabuleux, médecins, kinésithérapeute, infirmières et aides-soignants, neurologues, ergothérapeuthes, stomatologues, spécialistes de l'électrofulguration, chirurgiens, orthodontistes, psychologues, le professeur Touchon et son équipe, toute l'équipe de la réanimation chirurgicale de l'hôpital européen Georges-Pompidou des professeurs Safran et Journois, et le professeur Lantieri, qui a accepté d'opérer Robin. Grâce à son intervention, Robin peut aujourd'hui commencer à fermer la bouche : cela change tout pour lui, et pour ses proches, qui retrouvent enfin son vrai visage.

J'étais ministre de la Santé, je suis aussi père de famille. Je tiens à rendre hommage aux parents de Robin, avec qui un dialogue sincère a pu se nouer tout au long de nos nombreux échanges.

En les écoutant, je me disais que si Robin avait été mon fils, un adolescent de quatorze ans si plein de joie de vivre avant son accident, j'aurais eu envie, comme eux, de faire tout ce qui était en mon pouvoir pour qu'il soit bien pris en charge. Depuis le départ, ils se sont battus comme des lions. Beaucoup de médecins leur disaient qu'il n'y avait plus d'espoir : eux n'ont jamais baissé les bras. Quelle énergie il leur a fallu déployer pour franchir toutes les étapes de ce véritable parcours du combattant ! Ils ne demandaient qu'une chose : que l'on s'occupe bien de leur fils. Rien que pour cela, j'avais le devoir de les écouter et d'aller jusqu'au bout. Leur persévérance et leur courage forcent le respect.

L'histoire n'est bien sûr pas finie. J'ai veillé à ce que Robin soit transféré à l'Institution nationale des invalides, à Paris, pour y poursuivre sa rééducation. Aujourd'hui, l'avenir de Robin est ouvert. Le projet médical doit se poursuivre, pour que Robin puisse un jour revenir à domicile, comme ses parents le souhaitent depuis le départ. La prise en charge sociale du handicap, voilà un enjeu d'intérêt général qui ne concerne pas seulement Robin et sa famille. Plus que jamais, nous continuons d'y travailler avec tous.

Xavier Bertrand

« *Les seuls combats que l'on ne gagne pas sont ceux que l'on ne mène pas.* »

Napoléon

AVANT-PROPOS

Il y a deux manières de raconter et de lire cette histoire.

On peut y voir un drame, une histoire sombre, des pleurs et de la tristesse.

Mais on peut aussi y voir une belle histoire : le formidable combat d'un garçon courageux.

Une histoire d'amour et de vie.

Et un message d'espoir.

I
L'ACCIDENT

À la perte de ceux qu'on aime, c'est moins leur vie qui nous échappe que leur mort qui nous envahit.
Jean Rostand

La foudre a fracassé nos vies le 29 mars 2007. Elle a fracassé, tétanisé Robin et, en même temps, à plusieurs kilomètres de là, elle nous a aussi frappés, à vie, marqués de manière indélébile.

Quand Robin quitte la maison, au matin du 27 mars, pour participer à une excursion avec des camarades de son collège, il ne sait pas – nous non plus – qu'il ne rentrera pas le soir même. Ni le lendemain. Ni les jours suivants. Aujourd'hui, plus de cinq ans après, Robin n'est toujours pas revenu à la maison. Et notre plus grand espoir, le but qui nous fait tenir jour après jour, c'est que nous puissions un jour le ramener chez nous. Chez lui.

C'est à Trets que la vie de Robin a basculé. C'est dans une petite ville de la Haute Vallée de l'Arc, au sud de la Montagne Sainte-Victoire, que son combat de chaque jour contre la mort a commencé. Trets, qu'on dirait parée du charme et des traditions d'un village provençal, est une ville moderne qui a su conserver un cœur médiéval ; la vie y est rythmée par les fêtes, Journée des écrivains en mars, fête du 1er mai, Saint-Jean en juin, Saint-Éloi en juillet, Foire Saint-Barthélemy, Festival des remparts…

En ces derniers jours de mars, les habitants de Trets, les Tretsois, se souviennent encore avec joie du grand carnaval qui a animé quelques jours auparavant les rues de la ville. Dans une ambiance joyeuse, cinq cents personnes ont profité d'une belle après-midi ensoleillée pour faire la fête en musique et brûler le Caramentran.

Ville de la joie, Trets est aussi pour nous la ville de la désolation.

Trets se situe au pied du Mont Olympe, un massif qui culmine à 819 mètres. Jusqu'à ce jour fatidique, cela ne représentait pas grand-chose pour moi ; je savais tout au plus que des vestiges préhistoriques et de l'époque gallo-romaine avaient été trouvés au sommet et que le mont avait donné son nom à une espèce de dinosaure découvert à son pied.

C'est le « Mont Olympe » français, qui n'a qu'un lointain rapport avec le Mont Olympe de la mythologie grecque. Le Mont Olympe, dont le sommet restait caché aux simples mortels par les nuages qui l'entouraient en permanence, était un endroit idéal, paisible, préservé des intempéries, où les dieux, Zeus, Poséidon, Héra, Déméter et les autres, pouvaient vivre dans la félicité, passant leur temps à festoyer, boire du nectar et contempler le monde. Bref, tout le contraire de ce qui est arrivé à Robin au pied du Mont Olympe provençal. Il n'est pas donné à tout le monde de connaître la félicité et un bonheur sans nuage...

Le 29 mars, Robin et son frère jumeau Maxime participent donc à une sortie en VTT d'une semaine, appelée la « traversée du département », organisée dans le cadre du collège Simone-de-Beauvoir où ils sont élèves. Ils sont partis de Vitrolles depuis deux jours et se trouvent alors à Trets ; de là, on aperçoit nettement la Montagne Sainte-Victoire. La Sainte-Victoire lui a-t-elle porté chance ou malheur ? Je ne saurais dire : son accident fut un drame, mais le fait que Robin y ait survécu relève du miracle, tout le monde me l'a dit et répété, et je pense que les médecins sont les premiers à être de cet avis.

Ce jour-là, il fait beau et l'organisateur, Max Blanc, qui est leur professeur de sport, propose une balade d'environ vingt-cinq kilomètres à travers le massif de la Sainte-Baume. L'arrivée est prévue au refuge de l'Ermitage Saint-Jean-du-Puy, dans les hauteurs de Trets. Les garçons prennent le départ, grimpent sur leur vélo. Il y a là Robin, son frère Maxime et ses copains, Loïc, Corentin, Fabien,

Marc, Pierre, Nicolas et Gabriel. Ils sont suivis en voiture par deux pères, Christophe et Rémy, et par Max Blanc. Alors qu'il ne reste que quelques kilomètres avant d'arriver au gîte, Max propose une course pour finir la journée. Le prix promis au gagnant est une double ration de spaghetti à la bolognaise ; c'est Robin qui gagne.

Que se serait-il passé s'il avait roulé un peu moins vite ? Cela fait partie des questions que je n'ai cessé de me poser depuis…

À l'arrivée au refuge, Max demande à Robin d'aller chercher du bois pour alimenter la cheminée et préparer le dîner. Les autres enfants arrivent peu après au refuge. Il fait beau, le ciel est clair, sans nuage. À peine quelques minutes après, soudain, un éclair traverse le ciel : stupéfaits, les garçons voient une grande lueur, de couleur blanc-jaune, passer au-dessus d'eux, puis entendent immédiatement après le bruit d'une énorme explosion. Personne ne s'attendait à la foudre, tout le monde est surpris d'avoir vu un éclair d'aussi près.

Aussitôt, Rémy, l'un des papas accompagnateurs, regroupe les enfants dans le gîte. Maxime s'aperçoit rapidement que son frère n'est pas là et, inquiet, part immédiatement le chercher. Ne le trouvant pas tout de suite, il commence à imaginer le pire. Continuant à chercher, il est rejoint par Rémy. Un peu plus loin, les deux trouvent Christophe : il a été soufflé par la déflagration, par l'onde de choc de l'explosion. L'effet de blast l'a jeté au sol, il gît au bord d'une restanque, comme on dit en Provence. Très choqué, il tremble de tout son corps et respire avec difficulté. C'est à grand-peine qu'il réussit à se lever. Max, qui était à côté de lui, a également été touché : il est brûlé à la main et aux pieds. Pourtant, il le secourt en premier.

Pendant ce temps, Maxime et Rémy continuent à chercher, et finalement, un peu plus bas de l'endroit où se trouvaient Max et Christophe, Maxime retrouve son frère : Robin est étendu par terre, sur le dos, inconscient. Il est recouvert par les branches qu'il avait ramassées. Soufflé par le blast, il a été projeté à plus de dix mètres, sur le rebord d'une falaise. Ses habits sont brûlés, fondus même, ses cheveux sont brûlés, son ventre est gonflé et sa peau a pris une couleur violette. À côté de lui, une grosse pierre est fendue en deux, et autour d'elle un grand trou creuse le sol : c'est à cet endroit que la foudre est entrée, mais auparavant elle est passée par son corps. Un éclair a traversé tout le corps de Robin, il ne respire plus, son cœur ne bat pas non plus.

Maxime lui prend la main, il crie et appelle Max qui, laissant Christophe, se précipite vers Robin pour lui donner les premiers secours. Il appelle les pompiers, leur explique que Robin ne respire plus et qu'il ne sent pas son cœur battre. Durant quatre minutes, le cœur de notre fils s'est arrêté de battre. Max commence alors un massage cardiaque et un bouche-à-bouche sans s'arrêter. Pendant tout ce temps, Maxime ne lâchera à aucun moment la main de son frère. Max demande alors à Maxime de retourner au refuge pour aller à la rencontre des pompiers qui arriveront par la route, vingt-cinq minutes avant l'hélicoptère, et pour leur indiquer l'endroit où se trouve Robin. Le « plan rouge » est déclenché.

L'hélicoptère se pose bientôt, Maxime guide les sauveteurs jusqu'à son frère. Robin est entre la vie et la mort ; son destin est sur la corde raide, tangent, mais il est encore vivant ! Il est aussitôt emmené en hélicoptère vers l'hôpital de la Timone, à Marseille. Maxime ne le reverra plus avant longtemps.

Il n'y a eu qu'un éclair ce jour-là dans tout le département des Bouches-du-Rhône. Il est tombé sur notre fils.

C'est un phénomène de foudre sèche : il ne pleut pas, le soleil brille. Au moment où les pompiers sont arrivés, la pluie s'est mise à tomber.

Une partie des pompiers se rend dans le gîte pour rassurer les enfants et, une heure après, les fait descendre au parking du gîte, où un camion les attend pour les ramener au collège, escortés par les motards, plan rouge oblige. Max et Christophe montent dans un autre camion de pompiers pour que l'on vérifie leur état de santé et leur donne des soins. Le trajet jusqu'au collège s'effectue dans un silence recueilli ; les enfants sont très inquiets pour leur ami. Une fois arrivés au collège, tous sont conduits au réfectoire où les attendent leurs parents, les professeurs et d'autres élèves.

Je suis convaincu que Max a sauvé Robin. Alors qu'il a lui-même reçu la foudre, il a eu pour notre fils les gestes qui sauvent.

Pendant ce temps, à une cinquantaine de kilomètres de là, chez nous à Vitrolles, le ciel est encore bleu au-dessus de nos têtes et dans nos cœurs. Ma femme et moi, nous ne nous doutons encore de rien. Mais notre insouciance s'écroule brutalement quand deux hommes se présentent à la maison : M. Vilaro, le sous-directeur du collège Simone-de-Beauvoir, et un autre homme que nous ne connaissons pas. Il est 16 heures 50. Ils nous annoncent, à Morgane, Annick et moi, que Robin vient d'avoir un accident, qu'il a été touché par la foudre. Maxime, lui, n'a rien et va bien. Ils n'en savent guère plus, ils sont seulement au courant que Robin se trouve dans un état très grave, qu'il est encore vivant et que les pompiers sont sur place.

Après l'annonce, c'est l'effroi, l'horreur, la peur. C'est comme un poids terrible qui vous tombe sur le cœur, qui vous glace et change à jamais le cours de votre vie.

Je sais exactement à quel jour et à quelle heure a eu lieu l'accident et à quelle heure nous l'avons appris ; ce moment reste à jamais gravé dans mes souvenirs.

Tout se bouscule dans notre tête, est-ce qu'il est mort, est-ce qu'il est vivant ? Vite, il faut que je sois à ses côtés, où est-il ? Nous ne pouvons pas y croire. Ce n'est pas possible, pas mon fils ! Pourquoi lui ? Va-t-il survivre ? Tiens bon, on arrive.

Annick téléphone aussitôt à Max, mais les gendarmes, qui sont à côté de lui, lui arrachent l'appareil des mains : toute communication est interdite. Max peut tout juste nous dire que l'hélicoptère des pompiers est là et qu'il ne sait pas où notre fils sera transporté, ni quel est exactement son état de santé. Désemparé, toujours sans réponse, imaginant le pire, je téléphone au Centre 15, qui m'annonce que Robin ira probablement au service d'urgences de la Timone à Marseille, le principal hôpital de la région, mais là encore on ne peut me donner aucun détail précis sur son état. Nous décidons de partir pour l'hôpital, tandis que Morgane reste seule à la maison. Plus tard, elle se rendra avec une amie au collège rejoindre son frère Maxime, qui sera rapatrié dans la soirée.

Nous voilà donc tous deux en route pour Marseille, affolés, paniqués. Sur le chemin, nous appelons nos parents, ceux d'Annick qui sont à Saint-Laurent-d'Aigouzes dans le Gard, les miens à Corbeil-Essonnes dans la région parisienne. Pour eux aussi, le cours du temps vient de se briser. Le fait de ne rien savoir sur l'état de Robin accroît encore notre angoisse. Pour ajouter à notre tension, la route est embouteillée. Annick, ni une ni deux, hèle deux motards CRS, nous leur expliquons en pleurs notre drame, ils acceptent de nous ouvrir la route à travers Marseille, au besoin à coups de bottes dans les portières des voitures. Roulant entre cinquante et quatre-vingts kilomètres/heure, nous arrivons à nous extraire de l'embouteillage et à atteindre l'hôpital de la Timone. Les CRS nous emmènent directement à l'entrée des urgences : l'hélicoptère est là, il vient de se poser, l'hélice tourne encore. Nous avons peur, nous courons, on nous oriente vers le dixième étage, nous nous précipitons au service de réanimation pédiatrique, où Robin vient d'arriver et où nous voyons entrer le professeur Camboulives, chef du service. Les infirmières, tout occupées à sauver notre fils, nous refoulent. Il va nous falloir rester dans la salle d'attente et, comme son nom l'indique, attendre. Pourquoi ne nous laissent-ils pas entrer ? Comment va-t-il ? On ne nous dit rien. Annick parle à Robin à haute voix : « *Accroche-toi, mon chéri, je suis là, à côté. Bats-toi, prends ma force.* » Elle prie et demande à Dieu de sauver notre enfant.

Au bout de quelques minutes, qui nous paraissent durer une éternité, un médecin vient nous voir et nous donne enfin des informations sur l'état de Robin. Le bilan médical est grave, très grave même, très incertain. « *Son cœur peut lâcher à tout moment* », nous dit-on.

Un père, une mère, gardent toujours en mémoire cet instant terrible où un médecin vous annonce que votre fils peut mourir d'un instant à un autre.

Les médecins sont très pessimistes. Robin a été

fortement atteint par la foudre, de la tête aux pieds ; il a littéralement été traversé par un éclair. Il a été placé dans un coma artificiel et son corps a été plongé dans la glace, refroidi à 34 °C, pour lui éviter de souffrir trop et ralentir les brûlures. Mais il est vivant, il se bat. Il est fort, notre Robin, nous l'avons toujours su ! Le médecin nous annonce aussi qu'il va lui faire passer un scanner, puis nous laisse à notre tristesse. Le chagrin nous est tombé dessus ; nous sommes KO.

Une heure après, les portes du service de réanimation s'ouvrent et nous voyons Robin passer devant nous, très vite, il est entouré d'infirmières, de médecins et d'appareils médicaux de toutes sortes. Il va passer un scanner. Nous avons à peine le temps de prendre conscience de son état, il est inerte, sans connaissance, tout tuméfié, il ne bouge pas et a le ventre gonflé. Vingt minutes après, nous le revoyons passer devant nous, tout aussi rapidement, je distingue que sa peau a une couleur étrange, ses cheveux sont brûlés. Il est entouré de femmes et d'hommes en blouses blanches qui s'affairent. Étrangement, ils me semblent à la fois pressés et calmes.

Le temps passe encore, vingt minutes, une demiheure, une heure, une heure de terreur, d'angoisse, d'incertitude aussi. Nous sommes suspendus à un mince espoir, notre cerveau tourne à toute vitesse, nous imaginons tout ce qui est en train de se passer de l'autre côté des portes.

Le médecin revient, c'est le docteur Charpentier,

il nous explique que Robin est gravement brûlé. Il a d'importantes brûlures sur le thorax, l'abdomen et la jambe gauche, son poumon droit est touché, son rein gauche aussi, son abdomen est dilaté, son cœur est entouré d'une poche de liquide, l'encéphalogramme est très faible, cependant il réagit aux stimulations. Pour le cerveau, il faut attendre, car les cellules ne meurent pas tout de suite ; il faut un délai de cinq jours, s'il survit, avant de lui faire passer un IRM. Robin a dû crier quand il a été frappé par la foudre, c'est pour cette raison que sa bouche est restée ouverte, paralysée. Le médecin nous dit aussi, supposant qu'il a reçu la foudre alors qu'il était à vélo, qu'il a peut-être une lésion de la moelle épinière due à une chute de vélo. Il pense que son cœur ne va pas tenir le choc et qu'il ne passera pas la nuit.

Il insiste en particulier sur le long arrêt cardiaque de Robin. Nous ne savons pas encore que cela va le poursuivre désormais toute sa vie, pour son plus grand malheur… En effet, dans le bilan initial de Robin qui a été rédigé après l'accident, il est indiqué un arrêt cardiaque de quarante minutes. C'est une durée extrêmement longue ! N'importe quel professionnel de santé aurait du mal à croire que Robin ait pu effectivement être pris en charge par le SAMU au bout de quarante minutes d'arrêt cardiaque… En réalité, l'arrêt cardiaque de Robin a duré quatre minutes, en tout et pour tout. Seulement quatre minutes. C'est la durée que nous avons reconstituée à partir de l'heure exacte d'impact qui nous a été communiquée par Météo France et à partir de l'heure précise d'appel de Max au SAMU. Nous en avons déduit que le massage cardiaque a duré environ vingt-cinq minutes.

Cette erreur d'indication n'est pas un simple détail, puisque le bilan initial va constituer l'élément principal du bilan médical de Robin. C'est comme une empreinte digitale qui le suivra partout. Or le corps médical va tirer argument de ce long arrêt cardiaque pour déclarer Robin irrémédiablement condamné. Tous les diagnostics à venir sur son état en seront faussés. Dans tous les établissements, hôpitaux, centres de rééducation où nous voudrons envoyer Robin, ce dossier le suivra et anéantira souvent nos efforts : n'importe quel médecin, n'importe quel centre, demande aussitôt à prendre connaissance de ce rapport et se fonde dessus, avant même de voir Robin, avant même de se déplacer pour l'examiner et constater les progrès qu'il a faits depuis l'accident. Ainsi, plusieurs centres que nous contacterons, dans le Sud-Ouest, refuseront d'accueillir Robin uniquement au vu du bilan initial, et nous aurons beau leur montrer des vidéos, ce sera peine perdue…

Encore une heure s'écoule avant que nous ne puissions voir notre fils. Une fois équipés de blouses, de masques, de surchaussures, une fois aussi qu'on nous a expliqué dans quel état se trouve Robin, nous avons enfin le droit d'entrer dans le service de réanimation pédiatrique. J'en garde le souvenir d'une pièce remplie d'appareils, il fait chaud, il y a des bébés partout, de nombreuses infirmières, des sonneries incessantes. Le voilà, il est là, inerte, sous une couverture de glace très épaisse, entouré de plusieurs appareils de survie. C'est une machine qui le fait respirer. Plusieurs infirmières autour de lui sont occupées à le soigner et à le maintenir en vie. Nous nous approchons de lui, nous lui parlons, sûrs qu'il nous entend et nous comprend. « *On est là, c'est papa et maman, ne t'inquiète pas. Sois fort, hein, il faut que tu te battes.* » Annick lui parle : « *Mon cœur, tu te bats, continue ! Tu dois avoir mal, maman est là.* » Elle voit sa respiration et s'accroche à sa poitrine qui se soulève doucement.

Nous pouvons à peine l'embrasser du fait de tous les appareils et de tous les tuyaux qui l'aident, dans son combat contre la mort, à le faire rester dans le camp de la vie.

C'est dur, très dur, de voir son fils chéri dans cet état, sur un lit d'hôpital, en survie. Je me sens mal, on m'assoit sur une chaise, Annick aussi manque défaillir. À le voir dans cet état, une grande frayeur nous paralyse, un sentiment d'impuissance – pourquoi lui, qu'est-ce que je peux faire ? Nous sommes ses parents, et nous n'avons pas su le protéger… Il faut qu'il vive, cela ne peut pas être autrement. Les infirmières nous entourent, nous réconfortent, tentent de nous rassurer, effectivement son état est très grave, mais Robin est toujours là, bien vivant et se bat.

C'est véritablement à cet instant que nous avons pris conscience de la gravité de son état, et du caractère proprement extraordinaire de ce qui lui est arrivé quelques heures plus tôt près du Mont Olympe : il a été traversé par la foudre de part en part. Un éclair est entré par sa tête, par le lobe temporal droit, et a brûlé plusieurs organes à l'intérieur de son corps : une partie du poumon droit, la pointe du cœur, le rein gauche, une partie des intestins. L'éclair est ensuite ressorti au niveau de l'aine, en haut de la jambe gauche, en créant un arc électrique entre les deux jambes, puis est ressorti par l'orteil gauche, causant plusieurs milliers d'impacts électriques dans les deux jambes.

L'aspect extérieur de Robin est terrifiant : il est brûlé de la tête au pied, il a le visage brûlé, le cou brûlé, les cheveux brûlés, le sternum, l'abdomen et la cuisse gauche aussi. Le plus terrible, c'est qu'on voit précisément le passage de la foudre à travers son corps : un trait rectiligne, mauve, de haut en bas. La brûlure continue à s'infiltrer pendant plusieurs jours dans son corps, à progresser à travers ses organes, c'est ce qui lui causera de graves dommages dans le cerveau. Je remarque, bizarrement, qu'on ne sent pas d'odeur de brûlé.

Robin a, paradoxalement, l'air d'un noyé : il a pris une couleur gris-vert, son abdomen est extrêmement gonflé, car la foudre a impacté les intestins. En réaction à la brûlure, le péritoine a fait de la rétention d'eau, qui est d'ailleurs un bon conducteur pour l'électricité, les viscères se sont bloquées, et une réaction de gonflement s'en est suivie.

L'aspect de ses affaires, qui nous sont rendues après l'accident, est particulièrement impressionnant : c'est comme s'il avait explosé, comme s'il avait porté des bâtons de dynamite sur le corps, de la tête au pied. Tout a disparu, a été désintégré, sur son T-shirt la marque noire a fondu, disparu suite au passage de la foudre. Mais, là encore, on ne sent aucune odeur de brûlé ; c'est comme si notre fils avait été désintégré. Tandis que la chaussure gauche de Robin a été éventrée, déchiquetée, explosée, la droite, qui au premier coup d'œil paraît intacte, est en fait criblée de milliers de petits trous d'impacts de foudre.

Après quelques minutes, on nous demande de sortir, et nous devons retourner nous asseoir, attendre. Attendre encore. Notre angoisse n'a pas décru, mais nous sommes un peu, un tout petit peu, rassurés de l'avoir vu, et surtout de l'avoir vu vivant. Nous discutons avec des personnes présentes comme nous dans la salle d'attente, un père dont l'enfant est à côté de Robin nous dit qu'il a entendu notre fils gémir… Un petit signe d'espoir auquel nous nous raccrochons. Notre vie sera désormais suspendue à ces signes, à ces minuscules faits, à ces faibles mouvements de Robin qui nous rasséréneront, nous redonneront confiance et nous donneront envie de continuer à nous battre.

Vers 22 heures, Robin est toujours vivant, mais

son état reste critique, très critique ; nous sommes alors obligés de partir, de le laisser là, pour rentrer à Vitrolles, où nous attendent nos deux autres enfants, Morgane et Maxime. Celui-ci a été ramené au collège, très choqué, mais en bonne santé.

Une heure plus tard, il doit être 23 heures, épuisés, nous arrivons au collège de Vitrolles, où nous n'avions l'habitude d'aller que pour des réunions d'information ou des rencontres parents-professeurs. Il y a là de nombreux pompiers, des policiers, plusieurs parents, d'autres gens encore. Quand je sors de la voiture, le principal, M. Vilaro, me prend dans ses bras et pleure avec moi. Ce sont deux parents éplorés, effondrés qui entrent dans le collège, accompagnés par M. Vilaro et encadrés par une haie de pompiers et de policiers, jusqu'au réfectoire où tous les parents, les enfants, les professeurs, des psychologues aussi, sont réunis. Un silence lugubre a envahi cette salle d'ordinaire habituée aux cris, aux rires, aux blagues et à la vie sans histoire de collégiens déjeunant à la cantine. Nous connaissons presque tout le monde, beaucoup pleurent, tous ont les yeux rougis par les larmes. Enfin, nous apercevons Maxime et Morgane, en pleurs, ils se précipitent dans nos bras. C'est un immense soulagement de voir Maxime sain et sauf, de voir Morgane aussi, que nous avions dû laisser toute seule. Tout le monde autour nous regarde, nous demande des nouvelles de Robin ; c'est épuisant et douloureux de répéter les mêmes phrases, et surtout de nous remémorer ce moment difficile.

Il nous faut expliquer à Maxime, à Morgane, à la famille, ce qui s'est passé. Annick n'a pas envie de parler, sauf à Robin : il faut qu'il l'entende ; s'il l'entend, il se battra. Elle est sûre que dans sa tête il l'entend, il faut qu'il l'entende pour avoir la force de se battre, pour vivre, il ne faut pas qu'elle s'arrête, elle ne veut pas parler aux autres. « *Arrêtez de nous poser des questions, nous ne savons pas !* »

Nous ne savons même pas si Robin est encore en vie à ce moment.

II

Le fils que tout parent rêverait d'avoir

Un enfant est le plus grand cadeau.
Proverbe indien

À ce stade de mon récit, avant de poursuivre davantage la narration de toute cette histoire, je dois vous présenter Robin, vous raconter comment il était *avant.*

Robin est né le 15 avril 1993 à Aix-en-Provence.

Il a très mal commencé dans la vie.

Dès sa naissance, il a été confronté au risque de mort. Dès sa naissance, sa vie a été remise dans les mains des médecins, et nous avons connu la peur de le perdre.

Le ton a été donné, d'emblée ; nous aurions dû nous douter que la vie nous réservait d'autres malheurs...

Robin est né en effet avec une triple malformation cardiaque, et a dû être opéré à cœur ouvert à peine quelques jours après sa naissance.

À peine né, et déjà les chirurgiens, déjà l'hôpital, déjà les parents qui s'inquiètent.

Il a été le plus petit bébé à bénéficier d'une technique de pointe en chirurgie cardiaque, la technique du patch interventriculaire et interauriculaire. Il était tellement petit – il pesait moins de deux kilos –, que les infirmières et les puéricultrices qui s'occupaient de lui l'appelaient leur « *crevette* ».

Comme si le destin, ou Dieu, avait décidé que sa vie serait placée sous le signe de la fragilité, sous le signe du caducée.

Il a été opéré à Marseille, dans la ville où il reviendra moins de quinze ans plus tard, plus grand, plus fort, mais toujours sur le fil. Toujours entre la vie et la mort.

Sans exagérer, je dirais que c'est l'enfant dont tout parent peut rêver.

Robin était un enfant très doué, assidu à l'école, intelligent, gentil, passionné par tout ce qui l'entoure.

C'était un enfant particulièrement joyeux, il avait toujours le sourire. Un enfant blagueur, spécialiste des histoires drôles qui ne nous faisaient pas rire et n'amusaient que lui : ce que nous appelions ses « *blagues moisies* ». Un exemple ? « *On a découvert qui a tué le petit Jésus : c'est un chat. C'est évident, puisqu'il est écrit dans la Bible que Jésus est descendu parmi nous !* » Voilà le genre de blagues qui le faisaient rire aux éclats – nous, un peu moins...

Annick le comparait souvent à Gaston Lagaffe : un garçon blagueur, scientifique, qui vit dans son monde. Physiquement aussi, il ressemblait à Gaston : grand, mince, sec, les cheveux bruns. Il était tellement mince, grand et musclé, qu'il avait reçu plusieurs surnoms : « *Bob salsifi* », « *coton-tige* »...

Robin était d'un caractère entier, doté d'une franchise impressionnante. Quand il avait quelque chose à dire, il ne se gênait pas pour le dire ! Il était aussi têtu. Quand il s'était mis en tête d'accomplir une activité, de réaliser quelque chose, il allait jusqu'au bout – quitte à s'énerver quand il n'y arrivait pas ! Combien de fois l'avons-nous vu rentrer du collège énervé, parce qu'un professeur avait survolé le cours, n'avait pas approfondi tel ou tel sujet...

En permanence, quelles que soient les circonstances, il a toujours pris son temps. Comme une manière de dire toujours : « *Oh, on a le temps !* » Ainsi, à table, il était toujours le dernier à finir de manger. Il réfléchissait toujours à la manière dont il allait agir, pour être sûr de bien faire et de ne pas se tromper.

Tout le passionnait, tout l'intéressait. Voyait-il une fourmi devant la maison ? Il s'arrêtait pour regarder ce qu'elle allait faire.

Comme si sa première opération, dès la naissance, lui avait donné une philosophie de vie. Il prenait son temps. Il aimait la vie, se disait : « *Je profite de chaque instant qui m'est donné, à fond.* » C'est ce qui l'a aidé à s'en sortir.

La science le passionnait ; ses lectures y avaient souvent trait. Il ne lisait pas beaucoup avant d'avoir découvert un livre *Silverwing*, de Kenneth Oppel, qui raconte l'histoire d'un chauve-souriceau qui rêve de voir le soleil se lever, chose devenue interdite ; décidé à braver cet interdit et à mettre fin à cette malédiction, il va se heurter à de nombreux obstacles… La lecture de ce livre a été comme un déclic. Quand la suite du premier tome est parue, en anglais, il a fallu qu'Annick se démène pour la trouver, en cherchant sur Internet.

Robin lisait *Science & Vie*, beaucoup de livres de science-fiction, adorait *Le Seigneur des anneaux*, évidemment *Harry Potter* comme tous les jeunes de son âge…

Grand passionné de nature, il était incollable sur les champignons et adorait la pêche.

Il aimait tous les styles de musique : il était capable d'écouter aussi bien Deep Purple que Chopin ou Michael Jackson… Il appréciait également ce qu'il appelait, comme il le disait à sa mère, « *les chansons de ton époque* » : Yves Montand, Serge Lama… Ce qu'il aimait dans cette musique, comme il le disait lui-même, c'est qu'il s'agit de chansons qui expliquent, qui racontent une histoire, et de textes qui sont toujours positifs, jamais tristes. Combien de fois a-t-il écouté avec nous « À bicyclette » d'Yves Montand…

C'était un grand sportif, en particulier un grand golfeur. Fan de Tiger Woods, il avait reçu le surnom de « *Tiger Bob* ».

C'était un amateur des courses camarguaises ; ses grands-parents maternels habitent en Camargue.

Mais je crois que ce qu'il aimait le plus, c'était lézarder au soleil : c'était un lézard, il aimait la chaleur.

Il voulait acheter une maison à Ouessant pour moi, qui suis d'origine bretonne, et une pour sa mère et lui à Marbella, « *où il y a des golfs partout* ».

Il était très distrait, tête en l'air. Le matin, avant de partir à l'école, son frère et sa sœur se saisissaient de lui pour le coiffer et discipliner ses boucles rebelles. Il se débattait, en protestant : « *Moi, je ne me coiffe que pour les grandes occasions !* » Autant par distraction que par manque de coquetterie et par désintérêt pour les questions vestimentaires, il était capable de partir à l'école habillé comme un as de pique, avec un pull vert et un pantalon rouge.

L'un de ses traits particuliers les plus frappants était que manger représentait pour lui une contrainte. Il pouvait manger des plats raffinés sans que cela ne lui fît beaucoup d'effet. Il mangeait parce qu'il fallait bien manger pour vivre. Mais, en même temps, c'était aussi un garçon gourmand de sucreries et de confiseries. Il aurait passé sa vie à ne manger que du steack haché, des frites, de la salade (son frère et sa sœur se moquaient de lui en l'appelant « *la tortue* »), des bonbons et des gâteaux.

Quand on lui demandait quel métier il voulait exercer, « plus tard », quand il serait adulte, il répondait avec constance : « *Je voudrais être chirurgien cardiologue* », « *pour donner aux autres ce que j'ai reçu à la naissance* ». Et, ajoutait-il, « *je pourrai opérer les patients le matin et aller jouer au golf l'après-midi* »...

C'était un garçon très apprécié par les filles : nous avions l'habitude de le voir entouré d'un nuage d'adolescentes. Les filles aimaient bien lui parler comme à un confident. Pour autant, ce n'était pas un dragueur. Son frère Maxime, qui, lui, avait plutôt tendance à draguer les filles, ne comprenait pas pourquoi son frère attirait la gent féminine avec bien plus de succès que lui !

Je le décrirais comme un intellectuel, mais sans le côté rébarbatif qui accompagne parfois ce trait de caractère : Robin, c'est un intellectuel joyeux et sportif, pour qui le contact avec les autres était vital, essentiel. Aujourd'hui, il a gardé cette qualité.

Robin avait cette rare qualité de savoir trouver le côté positif d'une personne. Quand une élève de sa classe était malade et que personne n'allait la voir parce qu'elle n'était pas très aimée, il faisait, lui l'effort d'aller lui rendre visite et lui apportait ses devoirs : « *parce que personne ne veut y aller et, peuchère, elle n'est pas comme ils disent !* » Bien souvent, il la ramenait chez nous et ils faisaient leurs devoirs ensemble.

À côté de son frère jumeau Maxime et de sa sœur Morgane, de deux ans son aînée, il a toujours été le plus frêle, le plus chétif, le plus menu. Et pourtant, même sans le vouloir, une sorte d'instinct l'amenait à les protéger. C'était toujours lui qui montrait le chemin à suivre.

Quand Morgane a passé son brevet, c'était lui qui lui disait : « *Morgane, maintenant tu éteins la télé et tu vas réviser.* » Il se comportait de même avec Maxime. À l'école, les deux frères ont toujours été dans la même classe. Quand ils rentraient du collège, c'était Robin qui disait à son frère, après le goûter : « *On fait les devoirs d'abord, on jouera à la Playstation après.* » C'était aussi Robin qui ordonnait à son frère : « *Allez, on range la chambre. Maman a travaillé toute la semaine, ce n'est pas à elle de le faire.* » Le dimanche matin, il était levé à 7 heures et faisait ses devoirs pour toute la semaine, pour pouvoir être tranquille ensuite et profiter de son dimanche.

Vis-à-vis de nous, ses parents, il se montrait également protecteur. Un jour, alors qu'Annick emmenait Robin à l'école – il était alors à l'école primaire, il devait avoir une dizaine d'années, à peine –, elle eut une altercation dans la rue avec une automobiliste, qui sortit de sa voiture et s'approcha d'elle, menaçante. Aussitôt, on vit Robin ressortir de l'école et vociférer à l'attention de celle qui menaçait sa mère : « *Toi, tu ne touches pas à ma mère !* » Même s'il ne faisait pas le poids, il voulait protéger sa maman !

Robin était un très bon élève. Il avait régulièrement seize de moyenne, récoltait les félicitations des professeurs à chaque trimestre…

Son professeur de sport, celui qui a été le premier à s'occuper de lui après l'accident, m'a dit un jour : « *Robin, c'est du caviar.* » C'est l'élève que tout professeur voudrait avoir dans sa classe. Ses copains, quand ils n'avaient pas révisé, avaient pris l'habitude de lui demander de se mettre au premier rang, pour que le professeur l'interroge, et non pas eux.

Il avait un rapport très particulier avec sa mère, aimant, confiant, protecteur. Souvent, il disait : « *Si maman l'a dit, c'est vrai* ». Il avait une sorte de croyance en sa maman, en sa parole forcément vraie, en sa puissance. Maman dit toujours la vérité.

Il lui demandait fréquemment : « *Maman, tu veux que je te fasse quelque chose ?* » « *Tu veux que je t'aide ?* »

Il aimait particulièrement discuter avec les adultes. Il restait souvent avec nous au lieu d'aller avec les plus jeunes.

Le repas du soir, en famille, où nous étions réunis tous les cinq, était particulièrement important pour nous. À la fin du repas, Maxime et Morgane s'éclipsaient, leur dîner fini, mais lui restait à m'écouter, parfois longtemps. Tous ceux qui me connaissent savent que je suis bavard, très bavard… Et quand sa mère lui demandait pourquoi il restait ainsi à écouter mes conversations, il répondait, à la fois sincère et un peu moqueur : « *Tu sais, maman, ça lui fait tellement plaisir…* » Il ne restait pas à m'écouter parce que ce que je racontais l'intéressait, mais parce qu'il ne voulait pas me faire de la peine ! C'est tout lui, ça !

Pendant les repas, quand l'un d'entre nous se mettait à raconter une histoire, au sujet d'un fait d'actualité, d'une émission de télévision, d'une anecdote qui nous était arrivée dans la journée, il déviait du sujet, l'étoffait avec ce qu'il avait vu, avec ses propres idées, et cela durait, durait… Il parlait beaucoup, et se lançait dans une de ses « histoires moisies » dont il avait le secret. Au bout d'un moment, on lui faisait comprendre que son bavardage nous lassait, quelqu'un l'interrompait. Lui, il laissait parler celui qui lui avait coupé la parole, puis reprenait depuis le début et, autant de fois qu'on l'interrompait, autant de fois il recommençait. Et cela finissait toujours par : « *Robin, tu nous saoules avec tes histoires moisies !* » Et on riait tous…

À côté de cela, il avait ses bizarreries, ses particularités. Il a toujours eu horreur du noir, et ne pouvait pas dormir dans l'obscurité. Il fallait donc laisser allumée la lumière de la salle de bains, à côté de sa chambre. Et quand Annick, Maxime ou Morgane éteignait cette lumière, cela le réveillait quasiment immédiatement, et il se relevait de son lit pour aller appuyer sur l'interrupteur !

Il dormait avec des moufles en laine, qui étaient tous les soirs soigneusement rangées sous son oreiller. C'était comme une forme de protection, une chaleur qui le rassurait.

Le pingouin était devenu son animal fétiche. Depuis tout petit, il était attiré par les pingouins. Dans sa chambre, les trois quarts de ses peluches étaient des pingouins, qui décoraient aussi ses cahiers de classe, ses pyjamas…

Les pingouins le lui rendront bien d'ailleurs et lui feront un clin d'œil : le jour où il ira passer un IRM au CHU de Bicêtre, en décembre 2008, nous verrons avec étonnement que la façade de l'hôpital a été décorée, pour les fêtes de fin d'année, de cinq pingouins…

Son héros préféré était Batman – celui de Maxime était Spiderman –, parce que, nous expliquait-il, c'est le seul héros à ne pas avoir de superpouvoirs. Batman a des accessoires, mais rien de surnaturel ; il s'est fait tout seul. C'est un superhéros vraisemblable, simple.

Dans le film *L'Âge de glace*, son personnage préféré était le petit écureuil Scrat, qui met en permanence sa vie en danger pour attraper un gland, celui auquel il arrive toujours des malheurs. Il n'arrive jamais à ses fins, et le Destin semble avoir un malin plaisir à multiplier les embûches sur sa route ; c'est le personnage qui personnifie la malchance et l'entêtement dans l'adversité. L'allégorie de Robin, en quelque sorte…

Robin était un grand sensible, un grand garçon au cœur tendre, capable de pleurer à chaudes larmes devant le film *Rox et Rouky*, d'avoir peur d'ET en le voyant au cinéma, mais qui aimait aussi se faire peur en regardant des films d'horreur comme *Freddy*.

Avec son frère, il a cru au père Noël jusqu'à son entrée en CM2. Il faut dire que c'est de notre faute, et de la faute de cet adage rassurant qui ne le quittait pas : « *Maman ne ment jamais* ». Un soir, les deux frères rentrent de l'école en nous expliquant que leurs copains leur ont dit que le père Noël n'existe pas. Et nous, tout empêtrés dans nos explications, de répliquer que le père Noël apporte des jouets uniquement aux enfants sages et que ces copains-là n'ont pas dû être sages, de sorte que le père Noël ne leur a rien apporté, et leurs parents ont été contraints de prendre sa place pour leur donner quand même des cadeaux. Maxime et Robin y croyaient d'autant plus que, à chaque Noël, je me déguisais en père Noël, avec barbe blanche, bonnet et houppelande rouge, et qu'ils voyaient effectivement, de leurs yeux, un bonhomme rouge s'approcher de la maison et leur apporter des cadeaux. Et puis maman ne ment jamais !

« *Maman, pourquoi cela n'arrive toujours qu'à moi ?* » Combien de fois avons-nous entendu cette phrase ! Non que Robin se sentît particulièrement persécuté, ni même qu'il fût devenu paranoïaque, mais il faut reconnaître que Robin a connu un grand nombre de ce que l'on peut appeler des « galères », des petits malheurs. Un exemple ? Un jour, Maxime lança une pierre en l'air pour écraser une araignée contre un mur, que se passa-t-il ? La pierre tomba pile sur la tête de Robin, qui en fut quitte pour aller à l'hôpital et recevoir trois points de suture. Un autre exemple ? Robin, tout bébé, faisait du youpala, ce trotteur à quatre roues où on se tient debout : au bout de quelques minutes, le voilà qui fait des tonneaux et bascule… Autre « petit malheur », il était tellement sec et musclé qu'il avait des problèmes au tendon d'Achille et marchait sur la pointe des pieds : il dut suivre des séances de kinésithérapie. Il a aussi souffert de multiples bronchites asthmatiformes : parfois Maxime en était aussi atteint, mais Robin était toujours le premier à en manifester les symptômes. Il perdait régulièrement des objets auxquels il tenait, qui lui étaient précieux et dont la perte lui était un motif de tristesse…

Aujourd'hui, il a gardé tous ses traits de caractère. Il est à la fois différent et le même. L'accident l'a transformé, a modifié beaucoup de ses capacités et de ses facultés, mais n'a rien changé à son caractère profond. Robin est toujours le même.

III

Le combat de la vie

La vie a une fin, le chagrin n'en a pas.
Charles Baudelaire

La première nuit après l'accident se passe. Je n'ai pas du tout dormi ; je n'ai pas réussi à trouver le sommeil. Pour dormir, il faut avoir le cœur et l'esprit apaisés ; mon corps est rempli de frissons et mon cerveau rempli de questions sans réponse.

Je ne sais comment le temps peut continuer à s'écouler.

Tout autour de moi a pris soudain un aspect irréel.

Quand vous êtes frappé par un drame, vous vous étonnez de constater que le monde continue de tourner autour de vous, que, non loin, dans votre ville, dans votre rue même, il y ait encore des gens qui vont travailler, qui regardent la télévision, qui écoutent de la musique, qui prennent le train. Des gens qui aient le cœur à rire et aient de l'appétit.

Le 30 mars, je ne comprends plus que les horloges continuent de tourner alors que pour nous, le temps s'est brutalement, définitivement, arrêté.

Craindre la mort de son enfant, c'est une douleur inimaginable tant qu'on ne l'a pas vraiment ressentie – et je ne le souhaiterais à personne, même pas à mon pire ennemi. C'est une douleur dans la poitrine, dans chacun des membres, dans tout le corps, qui est proprement indescriptible. C'est une souffrance qui est encore plus douloureuse que celle causée par une blessure physique.

Il n'existe pas de hiérarchie dans les morts et dans les deuils, mais je pense que tous les parents seront d'accord avec moi pour reconnaître que la perte de son enfant est ce qu'il y a de pire à supporter sur Terre. On subit tous des pertes dans sa vie, des malheurs plus ou moins grands, des peines qui nous meurtrissent plus ou moins durement, mais rien ne cause une tristesse et un sentiment de vide plus aigus que la mort de son propre enfant, la chair de sa chair.

Annick a dormi un peu, pour oublier, juste un peu. Ne plus penser, ne plus souffrir, ne plus voir notre Robin sous ses machines, avec les sonneries incessantes qui nous rappellent que tout peut s'arrêter à tout instant. Ne plus voir la peur et la tristesse dans les yeux de Morgane et Maxime, mais, même en dormant, ne pas arrêter de parler à Robin.

Quand le jour du 30 mars s'est levé – je n'avais pas dormi de la nuit : comment peut-on trouver le sommeil quand on est dans un tel état, quand on est complètement bouleversé, tourneboulé, sur le plan mental, nerveux, physique –, j'ai compris que ma vie, notre vie, celle d'Annick, celle de Morgane et de Maxime aussi, celle de nos parents, ne serait plus jamais comme avant. Une vie nouvelle vient de commencer, qui tourne presque entièrement autour de Robin.

C'est le lendemain de l'accident. Dès les premières heures de la matinée, nous appelons l'hôpital, pour savoir si Robin est toujours vivant. En fait, nous ne sommes même pas sûrs qu'il ait passé la nuit : je repasse en boucle dans ma tête les mots anxiogènes du médecin, le cœur prêt de lâcher, entouré d'une poche d'eau, la pointe du cœur brûlée, nécrosée... On nous rassure : oui, Robin est toujours vivant. Pour combien de temps encore ?

Avec au cœur une angoisse qui n'a pas décru, nous nous précipitons à l'hôpital dès le matin, mais, arrivés au service de réanimation, on refuse de nous laisser entrer, « *pas avant 14 heures* ». Stupeur, abattement, tristesse. Nous apprenons quand même que Robin est toujours vivant. Il a passé la nuit, il a été plus fort que la foudre ! Son état est un peu plus stable, mais toujours critique.

Déçus, nous repartons à Vitrolles sans avoir pu le voir. Après une attente qui n'en finit pas, je me sens dans la maison comme un lion en cage, nous retournons à l'hôpital à l'heure dite, espérant voir Robin. On nous annonce que son cœur et ses muscles dégagent des toxines très dangereuses et que son rein gauche ne fonctionne pas bien, qu'il va être dialysé. Les médecins restent très pessimistes sur ses chances de survie ; ils considèrent que le pronostic vital est très engagé et qu'il n'y a plus rien à faire.

Un autre jour passe, puis encore un autre. Toujours cet étonnement de constater que le monde tourne, que le temps passe – mais que la souffrance et l'angoisse restent aussi fortes.

Au cinquième jour, Robin passe un IRM, qui révèle l'ampleur des dégâts : il est très gravement atteint à tous les niveaux du cerveau et plus particulièrement au centre. Le médecin de garde nous convoque et nous annonce que notre fils a le cerveau « grillé », qu'il ne sortira jamais du coma, qu'il n'aura même plus jamais aucune réaction, que son encéphalogramme est presque plat, qu'il a une activité cérébrale très faible – une seule onde sur les huit existantes environ, et toutes les trois ou sept secondes. Plus qu'incertain, son état est critique. « *Bon, ça ne sert à rien de tourner autour du pot. Robin a le cerveau grillé. Il faut le débrancher.* » La conclusion tombe, cinglante et froide comme la lame de la guillotine sur la gorge du condamné : il faut débrancher Robin. Il faut le laisser mourir... Cela fait des jours et des nuits qu'il se bat pour vivre, qu'il lutte contre la mort, que nous luttons avec lui, et il faudrait tout arrêter ? Interloqués, choqués, la gorge nouée par la tristesse, nous lui demandons s'il est sûr de son diagnostic et surtout s'il est sûr des conséquences. « *Non* », nous répond-il, « *évidemment non, on ne peut jamais être sûr à 100 %, mais ce serait préférable...* » Préférable ! Il y a des mots qu'on a du mal à entendre... Celui-là reste bloqué dans ma gorge. Comment la mort pourrait-elle être préférable ? Aussitôt, nous pensons, comme sûrement tous les parents qui se sont un jour trouvés dans cette situation : « *Ah, si c'était de son propre fils qu'il s'agissait, il ne réagirait sûrement pas avec la même indifférence...* »

Fermement, nous lui disons que nous refusons, que nous exigeons que tous les soins de survie continuent à être administrés à Robin : notre fils est bien vivant, ce n'est pas un téléphone portable usagé qu'on jette quand la batterie est vide... Il n'a que quatorze ans, cela nous paraît totalement inconcevable de couper si tôt le fil de sa vie.

Nous voulons continuer à attendre ; nous sommes convaincus qu'il se réveillera un jour. Et heureusement, il se réveillera effectivement, à l'automne 2007, après avoir passé sept mois dans le coma. Un miracle ? Peut-être.

Je passe beaucoup de temps sur Internet à collecter des informations, à amasser des données, pour tenter de comprendre ce qui est arrivé à Robin. Et, peu à peu, je réussis à reconstituer l'ensemble du scénario de ce qui s'est passé à Trets cet après-midi fatidique de mars.

Quand il a été frappé par la foudre, il a reçu dans le corps une force d'une intensité électrique telle qu'elle est capable de faire exploser une maison, de faire éclater un arbre aussi puissant qu'un chêne... Un éclair a une chaleur de 30 000 °C ; à titre de comparaison, celle de la lave d'un volcan est mesurée entre 1 700 et 2 000 °C. Il peut atteindre la vitesse de 40 000 kilomètres/seconde et un voltage de 400 000 à 2 millions de volts, c'est-à-dire quatre fois le voltage des lignes haute tension les plus puissantes. Un jeune garçon de quatorze ans a reçu une décharge d'environ 10 000 ampères, alors que l'ampérage d'un appareil électrique normal est de 30 ampères.

Le courant électrique porté par la foudre est extrêmement rapide, alors que le courant électrique qui électrocute l'inconscient qui met les doigts dans une prise, par exemple, est beaucoup plus lent.

La foudre comprend plusieurs composants, notamment les rayons gamma, qui sont émis par le soleil ou les étoiles – il n'en existe pas sur la Terre hormis ceux jaillis de la foudre –, et des rayons X, qui traversent le ciel en une milliseconde.

L'éclair qui a frappé Robin, ce 29 mars, à 16 heures 30, a été accompagné par une sorte de flash lumineux, d'une extraordinaire intensité. Il a déclenché une explosion, énorme, terrible, dont le bruit a été entendu à au moins vingt kilomètres à la ronde. Annick a même entendu ce son retentissant et terrifiant : elle quittait son travail, à Aix, à vingt-cinq kilomètres de Trets, en train de boire un café. Entendant un grand bruit, elle a aussitôt pensé à un orage ou à une explosion. Elle s'est même dit, en son for intérieur : « *Si c'est un orage, je ne sais pas où ça a tapé, mais il doit y avoir des dégâts.* » Elle ne se doutait pas que c'était notre fils que la foudre avait frappé.

L'effet de la foudre est étonnant ; elle bloque l'ensemble du corps. Une personne foudroyée, si elle ne meurt pas immédiatement carbonisée, meurt parce que son corps s'arrête net, tous les organes de son corps s'arrêtent, sous l'effet d'un blocage neurovégétatif, atteignant le cerveau en dernier. C'est en tout cas la règle, c'est ce qui se passe habituellement.

C'est comme si la foudre avait mis à Robin un énorme coup de poing dans la figure : elle a tout tétanisé, ses muscles, son corps tout entier. Il s'est retrouvé projeté sur le dos après avoir pris une grande claque, un choc violent, il est resté les yeux ouverts, regardant le ciel et la cime des arbres.

Je n'oublierai jamais la scène à laquelle nous assisterons, la première fois que Robin se trouvera de nouveau à l'air libre. Ce sera, plusieurs mois plus tard, dans le grand parc arboré qui entoure l'hôpital de San-Salvadour : nous verrons, impuissants et désolés, Robin regarder avec terreur le haut des arbres. Ce n'est qu'après lui avoir expliqué que ce ne sont pas les arbres qui lui ont fait mal, qu'ils n'y sont pour rien, qu'il se calmera enfin.

C'est le même effroi que l'on lira dans les yeux de Robin le jour où une neuropsychologue, à Valmante, lui fera entendre le bruit d'un orage. Voir cette peur panique, nous a-t-elle dit, lui a fait définitivement passer toute envie de recommencer une telle expérience, qui a ravivé en Robin un traumatisme qui, même plusieurs mois après, continue de le faire souffrir.

Aujourd'hui encore, cinq ans après, Robin a peur du noir. Il ne peut plus fermer les yeux, et refuse qu'on lui ferme les paupières.

Rien ne nous aura été épargné.

Dans les premières semaines, tout au début, on nous annonce un rendez-vous avec un médecin neurologue qui, sans avoir jamais ausculté Robin, ne se basant que sur le cliché d'un IRM, nous certifie que la vie de notre fils doit s'arrêter. Nous sommes convoqués à la Timone avec près d'une dizaine de médecins dans « la bibliothèque » – c'est une salle remplie de livres où les médecins ont l'habitude de convoquer les parents pour leur asséner des mauvaises nouvelles. Nous sommes intimidés, très inquiets. Or, juste avant le rendez-vous, une infirmière vient nous voir et nous explique qu'elle connaît un moyen pour stimuler et faire remonter les gens du coma : il s'agit, avec un stylo, d'appuyer très fort sur un point situé à la base du nez, un point de médecine chinoise, pour stimuler le système cérébral. Pourquoi ne pas essayer, après tout ? Les médecins nous ont expliqué à tant de reprises que Robin n'aurait plus jamais aucune réaction, alors nous sommes prêts à tout tenter…

Le rendez-vous avec les médecins se déroule comme nous le craignions : ils nous expliquent, avec toute la morgue, la certitude et la suffisance dont sont capables les pontes de la médecine, qu'il faut débrancher Robin, que son cerveau a subi trop de dommages pour qu'il puisse récupérer ses fonctions, qu'il ne sert à rien de s'acharner, etc. On nous répète qu'il y a très peu de chances que Robin sorte du coma profond où la foudre l'a fait sombrer. Surtout, on nous martèle ces chiffres implacables : sur les huit ondes cérébrales, une seule fonctionne, toutes les quatre à cinq secondes. Ces chiffres condamnent Robin ; définitivement. Ils scellent son destin : la mort lui est promise, nous dit-on.

Nous sortons de la bibliothèque en larmes et retournons, le cœur lourd, dans le box où est installé Robin. L'infirmière que nous avions vue juste avant le rendez-vous nous fait un signe de la main et nous amène auprès de notre fils : elle passe sa lampe devant les yeux de Robin, qui – c'est un fait spectaculaire – réagit à la lumière. Nous voyons son iris se rétrécir. Il faut savoir que Robin avait jusqu'alors les yeux bloqués, avec un iris très large, prenant toute la place dans la pupille, comme cela arrive quand les yeux ne réagissent pas à ce qui se passe alentour. Alors que le neurologue nous a dit, à peine dix minutes plus tôt, que c'était impossible !

L'infirmière a effectivement pratiqué sur Robin le geste dont elle nous avait parlé : elle a appuyé avec un crayon noir sous son nez, je revois encore la marque de crayon sur sa peau, au-dessus de la bouche.

Cette femme formidable a mis sa place en jeu. Peut-être qu'un autre père que moi aurait mal réagi, mais nous, nous l'avons laissée faire. Si elle n'avait pas accompli ce geste, peut-être les yeux de Robin auraient-ils quand même réagi à la lumière… Ou peut-être pas ! Qui peut savoir ?

Évidemment, cet événement heureux et inattendu nous conforte dans notre décision. Nous constatons *de visu* que se produit sur Robin l'exact inverse de ce qu'on venait de nous annoncer. Quelle preuve plus flagrante pourrions-nous avoir du fait que nous avons raison de continuer à nous battre, et que nous devons écouter, plutôt que les certitudes des médecins, notre cœur de parents ? C'est un espoir, infime certes – une dilatation d'iris, ce n'est presque rien, c'est fugace comme un clignement d'œil, fragile comme un battement d'aile de papillon, frêle comme les aigrettes blanches des pissenlits qu'un souffle d'air emporte au loin au gré du vent… Mais cela fait s'écrouler immédiatement comme un château de cartes les savants discours et les raisonnements pseudoscientifiques qu'on vient de nous asséner.

C'est un clin d'œil complice que nous a fait Robin. Un clin d'œil du destin. Robin ne peut avoir aucune réaction ? Et bien si, messieurs, il vient d'en avoir une. Non, notre fils n'est pas fini.

Les jours se succèdent, malgré tout, très difficiles à vivre. Je ne sais même pas comment nous avons la force de continuer à avancer – mais je sais que c'est Robin qui nous donne cette force. Nous passons par des états de terreur, puis d'espoir, nous nous sentons tantôt courageux, tantôt épuisés. Chaque jour, nous allons à l'hôpital. Chaque jour, nous venons voir notre fils. Chaque jour, nous lui parlons, nous l'épaulons, nous le soutenons, nous l'aidons dans son combat. Chaque jour, tous les trois, nous nous battons contre la mort.

Les jours passent, et Robin vit toujours. Une infirmière spécialisée pour les grands brûlés a pris les choses en main pour soigner ses brûlures. Son corps reprend peu à peu un aspect plus « normal ».

Pendant ces mois passés à la Timone, tant d'événements ont eu lieu, des anecdotes qui en disent long sur la force de caractère de Robin, sur la détermination dont il a fait preuve pour continuer à vivre, mais aussi sur l'incompétence, l'incurie parfois, et même la méchanceté de certains membres du corps médical. Et aussi sur la ténacité qu'il nous a fallu mettre en œuvre pour tenir bon.

Un soir, nous sommes à la maison, nous venons de rentrer de l'hôpital – nous partons en général vers 23 heures. Annick est en train de dormir : malgré l'angoisse et la nervosité, elle arrive à dormir, c'est le trop-plein de fatigue, c'est l'épuisement, qui prennent le dessus. Et puis, elle me le dit souvent : le sommeil est pour elle un refuge. Quand on dort, on ne pense plus, on quitte cette réalité désolante de tristesse et de pleurs.

Quant à moi, je ne dors pas. Depuis mars 2007, cela fait désormais cinq ans, je dors très peu.

Soudain, le téléphone sonne. Il doit être environ minuit et demi. Au bout du fil, une voix : « *Venez vite, c'est la fin* ». Robin vient de faire un arrêt neurologique, il n'en a plus que pour quelques minutes, au plus quelques heures. Nous voilà partis en catastrophe vers la Timone. À l'hôpital, on nous explique qu'il a pu être réanimé, mais qu'il est très faible, on pense que son cerveau et son cœur vont lâcher. L'équipe médicale installe alors le cérémonial qui est prévu dans ces circonstances terribles, quand la fin est proche : on nous installe deux chaises à côté du lit de Robin, on ferme les rideaux. Nous nous asseyons tous les deux autour de notre fils, nous lui prenons la main. Nous attendons.

Annick s'approche alors de Robin. Elle lui dit, pour la première fois, et cela restera la seule et unique fois, ce qu'elle ne lui a encore jamais dit. Jusqu'alors, tous les jours, du matin au soir et du soir au matin, elle lui demandait de se battre, de rester avec nous. Mais là, c'est différent. Annick dit à son fils : « *Je te le dis juste aujourd'hui, c'est la seule fois où je vais te le demander, et je ne te le dirai jamais plus : si tu veux partir, mon chéri, tu peux partir, mon amour, c'est à toi de décider. Je ne te le demanderai plus jamais.* »

Robin a choisi de rester. Les heures ont passé, ses courbes sont redevenues progressivement correctes.

Au bout d'un moment, le médecin vient nous voir – la fin n'étant toujours pas arrivée… Il nous dit : « *On lui fera demain matin un électroencéphalogramme, qui sera plat et attestera que Robin est passé en mort cérébrale. Il n'y a plus rien à faire. Vous pouvez rentrer chez vous.* » C'est que nous sommes alors en dehors des heures de visite : nous avions eu le droit de rester jusque-là car les médecins croyaient que Robin allait mourir, mais puisqu'il est encore vivant, l'organisation administrative de l'hôpital, avec son règlement strict des heures de visite, reprend le dessus. Nous n'avons plus le droit de rester au chevet de notre fils mourant.

Nous sommes rentrés chez nous tous les deux, la mort dans l'âme.

Le lendemain, Robin passe un électroencéphalogramme, mais personne ne nous en donne le résultat. Nous demandons à avoir des informations, or le médecin de garde ce jour-là est celui qui, peu de temps après l'accident, nous avait annoncé que Robin avait le « *cerveau grillé* ». Depuis cet instant, je ne voulais plus qu'il s'adresse à moi, je lui avais demandé de ne plus venir me voir et de ne plus me parler. Et c'est ce praticien qui nous annonce, ô stupeur, que l'électroencéphalogramme est meilleur que le précédent !

En fait, Robin, pendant cette nuit, a fait un coma dans un coma : il s'est évanoui pendant son coma. En étant dans un coma profond, il est tombé encore plus bas, ses constantes biologiques se sont encore dégradées. Il s'est rapproché encore plus de la mort, comme s'il s'était évanoui. Il était inconscient, et est devenu encore plus inconscient.

Mais nous ne sommes pas au bout de nos surprises… Nous voyons arriver vers nous l'infirmier qui était avec Robin pendant cette terrible nuit. Le visage livide, il referme la porte derrière nous et nous dit, d'un air grave : « *J'ai quelque chose à vous dire, je ne peux pas le garder pour moi.* » Il nous raconte, alors que nous l'écoutons, ébahis, ce qui s'est réellement passé pendant la nuit précédente. Il est descendu prendre sa pause, fumer une cigarette, et a prévenu le médecin de garde, qui était dans son bureau, que l'infirmier qui doit le remplacer était occupé et que c'était donc à lui de surveiller Robin. Or la trachéotomie de Robin s'est bouchée, à cause d'un bouchon muqueux. Dans ces cas-là, une sonnerie retentit, l'infirmier ou le médecin de garde doit venir aspirer le bouchon muqueux. Mais le médecin n'est pas venu. Il s'est passé ce qui devait logiquement se passer, Robin s'est étouffé, il a fait un arrêt cardiaque, de très courte durée, quelques secondes tout au plus. L'infirmier est vite remonté de sa pause, il a aussitôt rétabli la trachéotomie et a réanimé Robin, qui était déjà en coma profond. Notre fils n'a donc pas fait un arrêt neurologique !

Nous sommes profondément reconnaissants à cet infirmier de nous avoir dit la vérité. Il nous a dit ce qui s'était réellement passé, il en a eu le courage, pourtant il risquait sa place, mais il ne pouvait pas se taire. Par la suite, quand nous avons eu connaissance du dossier médical de Robin, nous avons compris ce qui s'était passé exactement, quelles ont été les circonstances exactes de cet « accident ». Mais si on ne nous avait pas révélé la vérité, nous n'aurions jamais rien su.

Ce silence, comme une *omerta*, est le mal qui ronge les hôpitaux et le monde de la santé. « On » tient les patients et leur entourage, leur famille, leurs proches, dans une incertitude et un manque d'informations qui ne sont pas tolérables.

Ce combat incessant à la Timone dure deux mois, deux mois de réanimation, pendant lesquels, au début, on nous conseille instamment de « débrancher » notre fils. Les médecins nous mettent une forte pression. Nous tenons bon et, finalement, l'état de Robin s'améliore progressivement, contrairement à ce qu'on nous a dit.

C'est comme si nous devions nous battre sur deux fronts, comme si nous avions deux ennemis à affronter : la mort qui essaie de nous prendre notre fils, et le corps médical pour qui le destin de Robin est scellé, condamné, fini.

Bien souvent, je me suis dit : heureusement que les infirmières sont là, les aides-soignantes, les femmes de ménage aussi ! Elles nous ont tant de fois confortés dans notre choix de ne pas débrancher Robin, elles nous ont dit tant de fois, en cachette des médecins, que nous avons raison, qu'il faut tenir bon, que Robin ira mieux un jour…

Que se passe-t-il dans la tête d'un père ou d'une mère à qui un médecin demande l'autorisation de « débrancher » son fils ?

Quand on nous a dit qu'il fallait arrêter de dispenser des soins à Robin, quand on nous a demandé de le débrancher, les tout premiers jours après l'accident, nous avons dû repartir avec ça chez nous, à la maison. C'est un véritable cas de conscience pour des parents, et je crois qu'on ne peut pas imaginer quelle difficulté, quelle douleur cela représente, tant qu'on ne l'a pas vécu. Votre fils vient d'avoir un accident gravissime, il en a réchappé comme par miracle, il est entre la vie et la mort, et un médecin vient vous dire : « *Madame, Monsieur, achevez-le, tuez-le !* »

Bref, après avoir entendu cette condamnation à mort, nous remontons dans notre voiture pour rentrer chez nous, nous traversons Marseille en pleurant, en ne cessant de nous interroger, en retournant la question dans tous les sens. Est-ce qu'on le débranche ? Est-ce qu'on lui laisse une chance ? Est-ce que ce n'est pas une décision égoïste, pour lui, pour nous ? Si nous décidons de le laisser vivre, quelle vie va-t-il avoir ? Est-ce que nous pourrons assumer toutes les conséquences que cela implique ? Est-ce qu'on le fait pour lui ? C'est une tempête sous un crâne…

Nous décidons de réunir nos parents, à Annick et à moi, et nos deux enfants. « *Voilà ce que nous proposent les médecins. Nous, nous ne sommes pas d'accord, mais nous voulons connaître l'avis de tous.* » Nous avons déjà notre décision en tête, nous savons déjà ce que nous voulons faire, mais nous voulons avoir l'appui de toute la famille, du frère et de la sœur de Robin, de ses grands-parents. Notre fille Morgane a dit à sa mère, avec force : « *Si tu en avais décidé autrement, maman, plus jamais je ne t'aurais adressé la parole.* »

Notre raisonnement est simple et logique : c'est vrai que Robin est gravement atteint, c'est vrai qu'il a peu de chances de survivre et qu'il a peu de chances de sortir du coma, mais il a seulement quatorze ans, il a encore toute la vie devant lui, la science va progresser. Si nous prenons la décision de le débrancher et si, dans dix ans ou dans quinze ans, le progrès médical permet de réparer des atteintes neurologiques comme celles dont souffre Robin, ce serait à se jeter par la fenêtre. C'est un risque que nous ne voulons pas prendre.

Dans dix ans, il aura vingt-quatre ans, la science aura sûrement progressé, il sera peut-être possible de pratiquer des greffes au niveau du cerveau ou de réaliser un autre traitement, aujourd'hui impossible. À son âge, Robin a toute la vie devant lui, il a encore le temps d'attendre pour un jour être traité et, pourquoi pas, guérir. En fait, ce qui nous a motivés, c'est notre foi dans les progrès de la science, la trop grande incertitude des médecins et de la médecine. Et surtout l'amour pour notre fils.

Nous avons fait le pari de l'espoir. Le pari de la vie.

IV
L'ÉPREUVE DE SAN-SALVADOUR

La vie est dans l'amour.
Marceline Desbordes-Valmore

Les jours passant, cela fait bientôt deux mois que Robin vit, ou plutôt survit, dans le service de réanimation pédiatrique de la Timone, suite à notre refus de le « débrancher ». Et un jour, nous recevons un nouveau coup sur la tête : la direction de l'hôpital nous annonce qu'elle ne peut plus garder Robin en réanimation, il doit changer d'établissement. La Timone veut lui trouver un centre de soins palliatifs, mais nous refusons : nous voulons qu'il aille dans un centre de rééducation. Mais aucun ne l'accepte du fait de la gravité de son état, un coma extrêmement profond sans récupération possible.

Finalement, après de longues recherches, le seul établissement qui accepte de l'accueillir est l'hôpital San-Salvadour d'Hyères, dans le Var, un centre de soins de suite pour enfants, adolescents et adultes polyhandicapés, qui est éloigné d'une centaine de kilomètres de chez nous. Nous apprendrons plus tard que la direction de la Timone a expliqué à celle de San-Salvadour : « *Ne vous inquiétez pas, vous ne le garderez pas longtemps, il a seulement deux mois à vivre.* » Mais ils n'avaient pas compté sur nous et sur la force de caractère de Robin !

Avant le transfert de Robin, nous allons visiter l'hôpital. C'est un bâtiment ancien, majestueux, qui a une longue histoire avant de devenir un centre pour enfants et adultes handicapés. Ce château fastueux, construit à la fin du XIXe siècle, était à l'origine destiné à accueillir un prince de la famille Napoléon. Devenu la propriété du maire d'Hyères, il fut ensuite racheté par une religieuse, sœur Candide, puis par la Ville de Paris, qui le céda à l'Assistance publique pour accueillir des enfants présentant des problèmes pulmonaires, des petits convalescents de maladies infantiles ou souffrant de rachitisme. On y développa aussi, un temps, l'activité thermale.

C'est aujourd'hui un beau bâtiment, qui a la particularité rare de posséder un parc botanique de toute beauté, d'ailleurs réservé aux personnes qui fréquentent l'hôpital.

Mais à l'intérieur, c'est tout autre chose.

Quand on entre dans ce centre magnifique, le premier abord est difficile. San-Salvadour accueille des enfants polyhandicapés, atteints de maladies génétiques et autres troubles très lourds… Il vient de s'y créer une unité pour patients avec respirateur artificiel en état de coma ; deux enfants sont dans ce cas, Christopher et Robin.

C'est donc dans cet hôpital que nous arrivons avec notre fils, qui pour nous est très beau, qui est « normal », bien que cet adjectif n'ait guère de sens, un enfant qui a avec lui toute sa vie derrière lui et qui en a encore une autre devant lui, qui a couru, ri, joué pendant quatorze ans… Et brutalement il se retrouve dans ce centre où vivent des enfants tellement atteints. C'est atroce pour nous. C'est un contraste violent et douloureux qui nous saute au visage.

À San-Salvadour, il y a des enfants différents, des enfants qui sont *seulement* différents, des enfants que je refuse de considérer comme « anormaux ». Qu'est-ce que c'est, la normalité ? Vous, moi, est-ce que nous sommes plus normaux qu'eux ?

Quand on arrive dans cet hôpital, on se trouve confronté à une certaine réalité qui habituellement n'est pas montrée. On y rencontre des enfants qui ordinairement nous sont cachés. Notre société est aseptisée, elle refuse la différence, ce qui ne rentre pas dans la norme, ce qui n'est pas standard. Il faut avoir des enfants en bonne santé, normaux, sportifs, bien habillés, à la mode, il faut avoir des enfants comme il faut. L'hôpital San-Salvadour accueille tous ces enfants qu'on ne veut pas montrer à la société, qui souffrent de pathologies très lourdes. Dans notre XXIe siècle, notre société moderne, rapide, hyper-technologique, hyper-violente aussi, on met de côté les enfants différents, les handicapés, les vieux… C'est cela qu'on nous impose : une société sans handicapé, saine, où l'on traque l'anomalie, où l'on multiplie les dépistages prénataux, c'est-à-dire finalement, si on pousse les mots jusqu'à leur sens ultime, une société purifiée. Pourquoi cet eugénisme qui ne dit pas son nom ? À bien y réfléchir, est-ce ce que nous voulons ?

Les premiers jours après notre arrivée à San-Salvadour, nous n'arrivons pas à regarder ces enfants en face. Mais, avec le temps, nous avons réussi à les voir, nous nous sommes attachés à eux, nous nous sommes habitués à eux, nous avons découvert que chacun a ses particularités, qui les rendent tous attachants. Ils ne s'expriment pas avec des mots, ils ne peuvent pas parler, mais leur regard parle pour eux, leurs mimiques disent tellement de choses. Ils ont aussi, à leur manière, une joie de vivre. Ils sont tous vivants ! Nous sommes entrés dans leur monde à eux.

Ce qui est le plus poignant, c'est que, malgré le grand nombre d'enfants hospitalisés, l'on croise à San-Salvadour très peu de parents. Annick et moi sommes quasiment les seuls parents. Beaucoup, peut-être les trois quarts, sont des enfants abandonnés.

Il faudrait en parler, les montrer à la société qui refuse de les regarder en face, qui les cache.

Combien de parents d'enfants handicapés m'ont raconté leur joie de vivre avec leur enfant ! Un enfant qui est handicapé peut-être, mais qui est d'abord et avant tout leur enfant, un petit garçon ou une petite fille, qui joue, sourit et les aime. Je me suis souvent reconnu dans ces parents, j'ai souvent retrouvé dans leur combat, dans les souffrances qu'ils ont connues, un peu de notre combat et de nos souffrances. Le combat des parents d'enfants handicapés est un peu le nôtre.

Bien souvent, ce qui est plus difficile à vivre que le handicap, c'est le regard que porte sur ces enfants et leurs parents notre société, qui, même si tout le monde s'en défend avec horreur, est eugéniste. Là, il faut lutter contre la bêtise, contre la Connerie avec une majuscule. Il faut lutter contre le corps médical qui rejette ces enfants, et leurs parents avec, contre ces soignants qui leur disent que leur enfant ne fera rien de sa vie, qu'il sera un légume, qu'ils ne pourront rien en faire, qu'ils vont gâcher leur propre vie.

Il faut s'armer de courage pour affronter un parcours difficile : les premières années de vie, la scolarité, la vie en société, le regard des autres, le jugement du reste de la famille... Il faut avoir de l'énergie et du courage pour consacrer sa vie à son enfant et faire en sorte, 24 heures sur 24 et 7 jours sur 7, que la vie lui soit la plus agréable et plus facile possible.

Pourtant, c'est toujours avec un grand sourire que j'entends ces parents raconter que leur fille ou leur fils va bien, qu'il ou elle est heureux, que « *c'est un amour de petite fille* » ou que « *c'est un petit garçon adorable* », qu'il fait beaucoup de choses, qu'il va à l'école et même a une scolarité plus ou moins « normale », en milieu ordinaire, qu'il s'entend bien avec ses frères et sœurs, qui l'adorent… Et que, si c'était à refaire, les parents le referaient.

C'est exactement comme nous : si c'était à refaire, nous prendrions les mêmes décisions pour Robin.

Quand Robin est transféré à San-Salvadour, on n'enregistre qu'une pulsation cérébrale sur huit environ, toutes les quatre secondes. Les chances de survie qu'on lui accorde ? Très minimes, l'équipe de la Timone les estime à deux mois. C'est aussi ce que nous indiquent les renseignements que nous obtenons au cours de plusieurs conversations et les informations que nous pouvons collecter, en particulier par Internet.

Annick et moi, nous vivons désormais dans une angoisse permanente, puisque Robin peut mourir à tout moment. Tous les matins, en me levant, je vais vomir ; c'est la peur qui me donne la nausée. Tous les matins, à neuf heures, nous téléphonons à l'hôpital pour savoir si Robin a passé la nuit.

Chaque jour, sans répit, nous effectuons l'aller-retour entre notre domicile et l'hôpital – et plus de cent kilomètres séparent Vitrolles et Hyères –, nous croisons les doigts chaque matin pour que cette journée ne soit pas la dernière de Robin. Pendant tout le trajet, nous avons la peur au ventre, craignant qu'on ne nous dise en arrivant à Hyères qu'il n'a pas survécu. Nous sommes convaincus que notre présence à ses côtés, nos gestes, nos paroles de réconfort l'aident à lutter pour sortir de ce maudit coma. Cela a duré deux ans ! cent vingt kilomètres, une heure et demi de route, une montagne de peur…

Parfois, c'est une expédition d'aller à San-Salvadour ; un jour où plusieurs centimètres de neige sont tombés, rendant la circulation très difficile, nous ne nous sommes pas résignés à ne pas pouvoir le voir, et nous avons quand même pris la voiture : le trajet aura duré plus de cinq heures !

À San-Salvadour, Robin a été installé dans une chambre pour quatre, à côté de lui vivent trois autres enfants, Brian, Alexandre et Christopher. Au lieu d'être placé dans une structure d'éveil de coma, il se trouve dans une chambre normale, avec des enfants qu'on entend crier dans le couloir. Premier élément qui augure déjà de la manière dont Robin va être traité dans cet hôpital…

Pour surveiller son état de santé, on lui a posé un saturomètre, qui mesure la saturation artérielle en oxygène, c'est-à-dire le taux d'oxygène dans le sang. Afin que les infirmières puissent entendre les sonneries d'alerte, il n'y a pas d'autre solution que d'installer le saturomètre dans le couloir : je prends alors l'initiative de faire du bricolage dans la chambre de

Robin, et je creuse un trou dans le mur pour faire passer le fil !

En fait, très souvent, nous avons été obligés de prendre les devants, d'aller au-delà de notre simple rôle de parents, pour suppléer les carences du personnel chargé des soins de Robin, ou, malheureusement aussi, pour compenser l'incompétence ou la mauvaise volonté de certains médecins.

En écrivant cela, je n'exagère pas.

Bien des malheurs qu'a connus Robin, bien des souffrances qu'il a subies, résultent uniquement de conséquences d'erreurs médicales – mais qui, comme dit Annick, débouchent parfois sur un résultat positif. « *À croire que ces erreurs sont faites exprès !* »

Un exemple de ces erreurs ? Un patient qui est en réanimation doit être beaucoup hydraté, *a fortiori* un patient qui a été frappé par la foudre : on aurait donc dû lui apporter beaucoup d'eau, ce qu'imposait également la gastrotomie. Mais il n'a pas été suffisamment hydraté et, alors qu'il n'avait aucun problème urinaire après l'accident, son système urinaire a été dégradé. Un matin, quand nous arrivons dans sa chambre, nous le trouvons avec un pouls à cent quatre-vingts, en train de pleurer, dans le coma. Nous alertons un interne qui, sans même rentrer dans la chambre, nous dit que ce n'est rien, qu'il n'y a pas de raison de nous inquiéter, que « *c'est neurologique* ». Pourtant, nous, nous voyons Robin souffrir, pleurer ! Une infirmière arrive alors, elle aussi le voit pleurer, elle relève le drap qui recouvre son corps, et constate la présence d'un globe vésical, c'est-à-dire la rétention de plus d'un litre d'urine dans la vessie. Depuis ce jour, Robin a dû être appareillé avec une sonde urinaire et a souffert de calculs rénaux.

À force d'aider Robin, de vouloir faire de notre mieux pour lui, nous avons été contraints d'apprendre des rudiments de médecine générale, de kinésithérapie, de neurologie, etc. Il nous a fallu apprendre le langage médical, acquérir des bases en médecine, du mieux qu'on pouvait, afin d'améliorer l'état de notre fils et, si nécessaire, de le faire vivre à la maison. Ces connaissances nous ont été bien utiles, parce qu'elles ont parfois sauvé la vie de notre fils.

Je me renseigne sur Internet, je me mets à lire tout ce que je peux trouver, j'apprends tout… Je suis véritablement des études de médecine !

À peine quelques semaines après l'accident, j'ai commencé à noter soigneusement, jour après jour, toutes les données médicales concernant Robin. Chaque jour, je demande au personnel de l'hôpital tout un ensemble de paramètres, température, qualité des selles, volume urinaire, tension, rythme cardiaque, bilans sanguins et tous les résultats des examens pratiqués sur lui. Le soir, dès que je suis de retour à la maison, je rentre toutes ces données dans des tableaux, je trace des courbes, je mesure les évolutions, je constate les améliorations ou les dégradations de l'état de santé de Robin… C'est une étude clinique, symptomatique et thérapeutique, sérieuse et fiable, un suivi qui me permet de surveiller Robin et de le maintenir en vie. Je peux aussitôt savoir si quelque chose ne va pas, bien souvent avant les médecins.

Robin est un garçon à la constitution très stable et, quand sa température grimpe, c'est que quelque chose ne va pas. Ainsi, dès que je constate une température supérieure à 37,2 °C, je sais aussitôt que son état de santé est en train de se dégrader. C'est comme ça que nous avons pu détecter, rapidement, les cas d'infection pulmonaire ou urinaire, les calculs rénaux…

Robin a effectivement souffert de pas moins de vingt-cinq calculs rénaux. Un matin, à peine sommes-nous arrivés à San-Salvadour que le médecin de garde nous dit : « *On a un souci.* » Effectivement ! Il nous explique qu'il n'a pas réussi à dégonfler le ballonnet pour retirer la sonde urinaire. Quelques explications sont nécessaires afin que tous les lecteurs comprennent ce dont il s'agit ici : pour fixer la sonde urinaire et éviter qu'elle ne tombe, on gonfle un ballonnet et, quand on veut retirer la sonde, il suffit de dégonfler le ballonnet et de tirer légèrement dessus. C'est en général une pratique simple et absolument indolore. Mais là, impossible de dégonfler le ballonnet !

Il n'y a pas d'autre solution que d'emmener Robin à l'hôpital d'Hyères, où une solution est trouvée : de l'éther est injecté dans le ballonnet pour le faire éclater, la sonde peut alors être retirée. Or cette manipulation se pratique sous échographie, et le médecin qui la réalise constate la présence de plusieurs calculs rénaux, certains gros comme des grains de maïs, qui ont vraisemblablement déclenché des coliques néphrétiques. Pauvre Robin, qui a dû souffrir le martyre, et qui n'était soigné qu'avec du paracétamol, que nous devions réclamer.

La vie de Robin aurait pu être, sinon plus agréable, moins difficile, s'il n'y avait pas eu l'acharnement, l'obstination de certains membres de l'équipe médicale de San-Salvadour. En effet, nous avons très vite compris qu'un kinésithérapeute fait la pluie et le beau temps auprès de ses collègues de l'hôpital. Elle ne nous a jamais soutenus, jamais ménagés, je peux même dire qu'elle a tout fait pour nous saper le moral. Ainsi, à plusieurs reprises, quand l'état de santé de Robin se dégrade et que nous sommes dans le couloir, effondrés, en train de pleurer, le kiné nous a posé la main sur le bras en nous disant, avec un air faussement apitoyé : « *Vous savez bien qu'avec la décision que vous avez prise au départ pour Robin* – sous-entendu puisque vous avez décidé de ne pas le débrancher –, *le reste de sa vie ne sera que souffrance pour lui. Et vous savez bien qu'il peut mourir à n'importe quel moment…* » N'est-ce pas inhumain de dire à des parents inquiets, qui craignent de voir partir leur enfant, qu'effectivement il risque de mourir, et que s'il souffre c'est à cause de la décision qu'ils ont prise ? Et nous, face à cette cruauté, à la limite du harcèlement, nous devions garder notre calme, rester polis, courtois ! Elle a aussi tenu de tels propos devant lui. Elle a pour habitude d'aller voir les médecins, de leur donner des indications, elle donne son avis sur les traitements, sur les protocoles. À San-Salvadour, la plupart des médecins qui exercent sont des retraités qui effectuent des vacations, et les kinésithérapeutes sont rares, donc souvent portés aux nues : tout cela explique l'ascendant pris par cette kiné.

C'est cette même kinésithérapeute qui a retardé les soins qu'il aurait fallu apporter à notre fils pour sa mâchoire. Dès que Robin a été transféré à San-Salvadour, deux mois et demi après l'accident, nous avons dit, redit, répété, qu'il n'est pas normal qu'il ait la bouche ouverte en permanence.

Nous demandons donc de faire poser un appareil à Robin : une orthèse mandibulaire. Il s'agit d'une gouttière qui permet de maintenir la mâchoire en place, afin de fermer la bouche et d'éviter que les os de son visage ne se déforment, notamment le palais. C'est un type d'appareil assez courant, utilisé notamment pour les personnes qui souffrent d'apnée du sommeil : il permet d'agrandir l'espace du pharynx et de maintenir ouvertes de façon mécanique les voies respiratoires pendant le sommeil.

Mais c'est peine perdue ! Le kinésithérapeute réussit à convaincre les médecins que, si Robin a la bouche bloquée, c'est seulement la conséquence de ses deux mois passés en réanimation, que son palais n'est déformé que parce que sa bouche ne fonctionne pas. C'est pourtant faux, puisque cette déformation ne se produit généralement qu'au bout d'un an d'inutilisation de la bouche.

Or, à l'époque, nous faisons confiance – naïvement – à l'équipe médicale de l'hôpital San-Salvadour, nous ne savons pas grand-chose en matière de médecine, forcément, et nous nous en remettons aux hommes de science, qui, pensons-nous, savent ce qu'ils font et connaissent ce dont ils parlent, qui travaillent dans l'intérêt de notre fils. Aussi avons-nous laissé faire, c'est-à-dire laissé ne rien faire : le kiné n'a rien fait, a laissé Robin dans cet état.

Notre fils est resté, des jours, des semaines, bientôt des mois, plus d'un an, la bouche ouverte, ce qui lui a d'ailleurs causé de grandes douleurs.

Au cours de ces huit mois passés depuis l'accident, et même par la suite, jusqu'à aujourd'hui encore, Robin a énormément souffert. Il ne s'est pas passé un jour, pendant ces cinq années, depuis mars 2007, où il n'a pas subi des souffrances intenses. Jour et nuit.

La liste de ce qu'il a subi est terrible, et tellement longue que cela en paraît difficile à croire : en dehors des vingt-cinq calculs rénaux, il a souffert de diverses infections, il a subi des brutalités, les cris des autres patients… On lui a infligé une machine pour respirer artificiellement, alors qu'il respirait très bien tout seul. Et tout cela, il l'a subi en silence.

S'y ajoutent les douleurs dues au fait que sa bouche est restée coincée pendant tout ce temps, au manque de kinésithérapie, à la position immobile... Quand on est assis sur une chaise, on bouge, sans même s'en rendre compte, et, sans le vouloir, on sait changer de position pour éviter la douleur. Mais ce n'est pas possible pour Robin. Imaginez-vous couché dans un lit, gardant la même position, sans pouvoir bouger, avec juste une demi-heure de séance de kinésithérapie le matin et, grâce à notre entêtement, un peu d'activité l'après-midi ! Seriez-vous capable de le supporter pendant cinq ans ? Il est difficile d'imaginer le niveau de souffrance qu'un jeune garçon de quatorze ans, de dix-neuf ans aujourd'hui, a dû endurer...

Nous le voyons régulièrement pleurer. C'est pour moi l'une des choses les plus difficiles à vivre. Je crois bien qu'il n'y a rien de pire au monde pour un père ou une mère que de voir son enfant souffrir. Dans ces moments-là, je me sens capable de faire du mal à tous ceux qui voudraient faire du mal à mon fils... Ou à tous ceux qui ne se rendent pas compte que Robin souffre le martyre. Comme ces médecins qui, à San-Salvadour et même dans les établissements où il a vécu par la suite, alors qu'il est manifestement en train de pleurer, nous demandent, bêtement : « *Il a mal ?* » Mais non, pensez-vous, il a le cœur qui bat à cent quatre-vingts, il grimace, on voit les pleurs sur son visage ! C'est à vous donner des envies de meurtre...

À San-Salvadour, il nous a fallu souvent argumenter, supplier, quémander, pour obtenir des médecins qu'ils acceptent d'administrer à Robin un quelconque remède contre la douleur. En général, le paracétamol suffit à le calmer. À Valmante, ils seront moins réticents qu'à San-Salvadour, peut-être aussi plus compréhensifs.

J'ai compris avec le temps que les médecins ne prennent pas en compte la personne, ses expressions, les signes sur son visage : ils se fient aux signes cliniques, à la fièvre notamment. La douleur est pour eux secondaire, ils regardent d'abord la courbe de température.

Dans la réalité, chaque personne est unique, et a une perception de la douleur qui lui est propre. Ses paramètres biologiques lui sont propres, alors que les médecins travaillent avec des barèmes, des critères et des normes qui font totalement abstraction de la personne.

Cette indifférence des médecins à la douleur réellement ressentie par Robin nous a été, tant de fois, confirmée par des faits et par des propos des infirmières. Par exemple, un kinésithérapeute venue faire des drainages pulmonaires à Robin, nous a raconté qu'allant souvent prévenir les médecins que Robin souffre, qu'il a mal, ils lui répondent toujours : « *Comment ça ? Vous ne voyez pas qu'il ne comprend rien, qu'il ne sent rien ? Il ne peut pas ressentir la douleur !* »

Le corps humain est à la fois d'une grande complexité et d'une extrême simplicité : les grimaces, les traits du visage tordus, les pleurs sont des signes de douleur intangibles, universels. Ils sont d'ailleurs confirmés par des données cliniques : le rythme cardiaque élevé, la saturation (oxygène dans le sang) altérée... Évidemment, l'interprétation clinique de l'origine de la douleur est difficile pour une personne qui ne parle pas. D'où la nécessité d'être à l'écoute, d'être attentif et de se fier davantage aux expressions du corps, aux expressions du visage, plutôt qu'aux courbes de température. C'est tout un travail d'attention et d'écoute dont certains médecins, manifestement, malgré leur dizaine d'années d'études, ne sont pas capables...

Ironie de l'histoire, c'est à San-Salvadour, dans cet hôpital où les médecins se sont entêtés à nier la douleur de Robin, où il a eu le bras cassé, qu'a été élaborée la « grille DESS », « Douleur Enfant San-Salvadour », la première échelle validée d'évaluation comportementale de la douleur chez la personne polyhandicapée.

En effet, si l'approche de la douleur par les soignants passe généralement par la communication avec la personne qui souffre, l'évaluation de la douleur apparaît difficile chez des enfants ou adultes polyhandicapés, pour lesquels la communication verbale est souvent restreinte, voire impossible. La grille San-Salvadour a ainsi été élaborée pour aider à établir un diagnostic de douleur, à destination des parents, des soignants et de l'ensemble des professionnels qui sont à leur contact. Cette grille se fonde sur l'interrogatoire et l'observation du comportement, tenant compte de la diversité des handicaps et des modalités d'expression et de relation ; elle repose en particulier sur une comparaison du comportement du patient en dehors de toute situation douloureuse et lors de situations douloureuses.

Nous sommes convaincus que, paradoxalement, c'est cette douleur, la stimulation nociceptive, de pair avec nos stimulations incessantes, qui a sorti Robin du coma. La douleur par nociception, c'est la forme la plus fréquente de douleur : celle due à un excès de stimulation des récepteurs de la douleur (par une pression mécanique, une brûlure, un traumatisme, un processus inflammatoire ou infectieux etc.), les deux autres formes de douleur étant la douleur neurologique (dont le mécanisme est l'atteinte des voies de transmission ou des voies nerveuses modulatrices de la douleur du système nerveux) et la douleur dite psychogène (sans origine précise). Ce sont ces douleurs, et nos stimulations, qui ont mis fin à son long sommeil. Car, heureusement, sans tenir aucun compte des pronostics pessimistes des médecins qui jugeaient toute rééducation inutile, nous faisions travailler Robin tous les jours, chaque après-midi, nous le stimulions en permanence, pendant toute la période où il est resté dans le coma.

Car Robin est effectivement sorti du coma, au bout de huit longs mois, en octobre 2007.

V
La sortie du coma

Vox clamentis in deserto.
La voix qui crie dans le désert.
Isaïe, 40, 3

Quand Robin s'est réveillé du coma, cela ne s'est pas déroulé comme dans les séries télévisées ou dans les films, où l'on voit le héros ouvrir brusquement les yeux et sourire à ses proches qui, assis au pied de son lit, lui jettent des regards anxieux et attendent fébrilement son réveil. Ça, c'est du cinéma ! Dans la vraie vie, la réalité est bien différente. C'est peu à peu, au fur et à mesure, que Robin sort du coma.

Jour après jour, progressivement, nous constatons que l'état de Robin change : il ouvre les yeux, devient plus réactif, réagit à son nom. Nous le voyons ouvrir les yeux, pourtant son regard est vide, nous sentons qu'il n'est pas là, avec nous. Il est présent à côté de nous, mais nous ne partageons rien, il n'y a pas dans ses yeux cette lueur qui est un signe de vie. Mais, par moments, nous sentons qu'il est vraiment présent avec nous, qu'il nous regarde et nous voit.

Évidemment, nous nous posons alors des questions : que se passe-t-il ? Dans ces moments où il nous regarde vraiment et où il réagit à ce que nous lui disons, il nous regarde d'un air de dire : « *Je suis là, papa, maman, je vous entends.* » Et nous, nous nous disons : « *Ce n'est pas possible, il n'est pas dans le coma.* » Pour nous, il sort du coma, c'est sûr, c'est évident.

De plus, nouveau progrès, Robin commence à faire des mouvements au niveau du bras : nous lui demandons de bouger le bras, et il bouge le bras.

Pour expliquer à mes enfants ce que vit Robin, je leur ai dit : « *C'est comme s'il faisait un long voyage entre Vitrolles et Paris, pas à pas, et dès qu'il passera le tunnel de Fourvière, ce sera la sortie du coma, mais la route sera encore longue et montante jusqu'à Paris…* » En octobre 2007, j'ai appelé Maxime et Morgane, qui étaient en vacances à Saint-Laurent d'Aigouze chez leurs grands-parents ; à Maxime, j'ai simplement dit : « *Robin a passé le tunnel de Fourvière !* » C'est la première fois depuis l'accident qu'il s'est effondré en larmes… de joie.

Cette sortie du coma constitue pour nous un moment très important, un moment de joie et de soulagement. Nous l'attendons depuis tellement longtemps, cet instant d'espoir, porteur de toutes nos aspirations ! C'est aussi une vraie césure dans l'histoire de la vie de Robin après l'accident. Une page se tourne, une autre étape commence…

Tout joyeux, nous le signalons aussitôt aux médecins, qui paraissent très embêtés. « *Mais non, c'est une phase de coma…* » Ils sont dans le déni, en quelque sorte. Ainsi les médecins, le kinésithérapeute, nous disent-ils avec assurance, sûrs de leur fait : « *Non, il ne bouge pas le bras de manière consciente, c'est juste un réflexe.* » « *C'est neurologique.* » Nous avons l'impression de nous battre contre des moulins !

Nous allons encore devoir lutter pied à pied…

L'un de nos combats les plus ardus est celui que nous menons contre le kiné de l'hôpital. Robin a droit à trente minutes par jour de kinésithérapie respiratoire et de mobilisation, pour ne pas perdre d'amplitude au niveau de la pliure des bras et des jambes. Mais nous, nous considérons que ce n'est pas assez, et il n'en bénéficie même pas le samedi et le dimanche.

Nous nous fâchons plusieurs fois à ce sujet avec la direction de l'hôpital, avec le kinésithérapeute… Écœurés, lassés, nous décidons un jour d'aller voir notre avocat, maître Gilbert Collard. Il nous a beaucoup aidés. Le cœur, le verbe et l'action, ces trois mots reflètent assez bien ce grand homme.

Comment l'avons-nous contacté ? En fait, c'est l'association Robin Richard qui nous a conseillé d'avoir un bon avocat, et elle l'a sollicité directement ; c'est sûrement le meilleur avocat qui exerce à Marseille.

Nous connaissions, par les médias, l'avocat célèbre, réputé, avocat des causes indéfendables ; nous avons désormais découvert l'homme. Je ne cache pas qu'avant de le connaître, j'avais un *a priori* négatif, mais du jour où je l'ai connu et où j'ai discuté avec lui, j'ai découvert un homme incroyablement gentil, qui nous a beaucoup aidés et a beaucoup fait pour Robin. Un être profondément humain, qui s'investit à nos côtés avec sincérité, qui nous trouve des médecins, des neurologues, qui se bat avec nous pour faire avancer la cause de Robin. Il a eu une phrase qui m'a beaucoup marqué, et dont la justesse m'a frappé : « *C'est comme si la Providence avait jeté une corde à Robin, qui reste au fond du trou, mais qu'aucune force humaine ne tirait dessus pour l'en sortir.* » C'est exactement ça ! Robin est au fond d'un gouffre, il a besoin qu'on lui tende la main, mais bien peu nombreux sont ceux qui l'aident à sortir du trou.

Gilbert Collard est devenu l'un de nos soutiens les plus fidèles, un de ceux auxquels je peux envoyer des SMS en pleine nuit, à trois heures du matin, et qui me répond sans tarder : « *Qu'est-ce que je peux faire pour vous ?* » Il pourrait s'en moquer, ne pas s'intéresser à Robin, ne pas accepter de consacrer une partie de son temps et de son activité d'avocat à notre cause. Et bien non ! C'est un homme qui a une profondeur d'âme et une gentillesse extraordinaire, et aussi un cerveau qui marche à 2 000 %.

Nous allons donc voir maître Collard, nous lui faisons part de nos préoccupations, nous lui expliquons que Robin n'a pas de kinésithérapie le week-end. Il nous propose de contacter la mairie d'Hyères pour que le maire nous mette en contact avec la presse locale, afin de trouver des kinésithérapeutes qui accepteraient de faire travailler Robin. Un article paraît dans *Var-Matin*, en une, un dimanche matin : « *L'hôpital manque de kinés pour Robin* ». Malgré la publicité qui y est faite, nous faisons chou blanc, aucun kinésithérapeute ne se présente.

Mais l'administration de l'hôpital, vu le retentissement médiatique qui a été donné à l'affaire, décide d'organiser un tour d'astreinte le week-end pour les patients qui en ont besoin, et des heures supplémentaires sont imposées à tous les kinésithérapeutes de l'hôpital.

Or, une semaine après cet article dans *Var-Matin*, l'état de santé de Robin se dégrade brutalement : pour soigner sa constipation, un traitement laxatif important lui a été administré, il se retrouve en hypokaliémie, c'est-à-dire une forte perte de potassium. Au bout d'une semaine, les médecins réussissent à lui faire retrouver un niveau normal de potassium. Le samedi, Robin paraît encore aller très mal, il a le teint gris comme quelqu'un qui est en train de mourir. Nous le voyons vraiment au plus bas, il pleure, son pouls est à cent quatre-vingts. À chaque fois que nous alertons les médecins, on nous répond invariablement : « *C'est neurologique.* » Comme il faut le faire à quelqu'un qui est dans le coma, nous avions l'habitude de le toucher en permanence, et là, je lui touche le bras et je sens qu'il est très dur, anormalement dur. J'appelle l'infirmière, qui fait venir le médecin. « *Mais non, rassurez-vous, il n'y a rien de grave, on va attendre lundi.* » « *C'est neurologique.* »

Le lendemain, le dimanche, nous avons vraiment l'impression que Robin est en train de mourir, ses constantes biologiques sont très mauvaises, il va vraiment très mal. Alors, sortant de mes gonds, je m'énerve, j'appelle un médecin, il faut presque que je le menace pour qu'il réagisse et décide de faire quelque chose pour Robin. Je demande qu'il soit emmené aux urgences, mais le médecin me répond : « *Si on l'amène aux urgences, il va rester sur un brancard dans un couloir pendant des heures.* » Je m'énerve encore, et j'obtiens finalement que l'hôpital fasse venir le SAMU. Là encore, tout a tenu à un cheveu : à l'arrivée des urgentistes, l'infirmière leur dit de ne pas s'adresser au médecin de garde, mais d'aller nous voir directement, de parler aux parents. Le médecin du SAMU vient donc me demander des renseignements sur l'état de Robin, je lui explique les symptômes, et là il n'hésite pas une seconde, il emmène Robin en hélicoptère directement à la Timone, avec une suspicion de phlébite.

À la Timone, Robin est aussitôt pris en charge ; il souffre énormément, son pouls atteint cent quatre-cingts à deux cent cinquante pulsations par minute (au lieu de quatre-vingt-cinq à cent normalement). Le lendemain, nous emmenons Robin voir la radiologue. Elle lui pose la main sur le bras, et s'écrie aussitôt : « *Stop, arrêtez tout, il faut lui faire une radio. Il a le bras cassé.* » Effectivement, Robin a le bras droit (le seul bras qu'il pouvait bouger) fendu de haut en bas, une fracture avec déplacement. Et cela fait trois jours que tout le monde lui a bougé le bras dans tous les sens ! J'appelle l'hôpital San-Salvadour pour demander une explication, on me dit : « *Ça doit être de l'ostéoporose.* » De l'ostéoporose ? « *C'est impossible* », me dit-on à la Timone. Il n'a pas d'hématome, ce qui exclut également l'hypothèse d'une chute. Je ne vois qu'une seule explication : « on » lui a tordu le bras violemment. Et la personne qui a fait cela ne l'a dit à personne. Nous n'avons jamais su qui a infligé cette brutalité à Robin. Et si on nous l'avait dit, si on nous avait prévenus qu'il s'était passé quelque chose, qu'il y avait eu un accident, au moins aurions-nous pu le soigner. Avec un tel niveau de douleur, Robin a failli mourir.

C'est cela que nous ne pardonnons pas : le fait de n'avoir rien dit, d'avoir laissé souffrir Robin.

Une fois Robin remis, le bras soigné, nous le ramenons à Hyères. Pour nous, il est évident que notre fils n'est plus dans le coma.

Pourtant, les médecins nous disent : « *Mais si, il est toujours dans le coma.* » Nous demandons aux médecins un nouvel IRM pour savoir si réellement Robin est toujours dans le coma, mais cela nous est refusé.

C'est là que nous avons commencé à concevoir des doutes. Et peu à peu, nous comprenons ce que signifie le blocage des médecins : Robin, depuis qu'il est entré à San-Salvadour, est destiné à rester dans ce centre, il est *condamné* à y rester à jamais. À son arrivée, il a été budgété sur plusieurs années, et il ne faut absolument pas, pour l'équilibre des finances de l'hôpital, qu'il parte ou bien que son état évolue. C'est la seule raison, budgétaire, matérielle, sordide, pour laquelle l'équipe de l'hôpital a nié la vérité, nous a menti.

Nous restons patients pendant plusieurs semaines, un mois, bientôt deux mois. Pendant ce temps, Robin progresse et réussit à accomplir des gestes qu'aucun malade dans le coma n'est capable de faire : il bouge le bras, la main ou la tête quand on le lui demande, il a les yeux qui brillent quand il nous voit arriver dans sa chambre, nous percevons des lueurs dans son regard quand il est content…

Bientôt, le mois de décembre 2008 arrive. Un soir, je suis en train de réfléchir dans le jardin, chez nous – je suis quelqu'un qui réfléchit beaucoup –, et subitement il me vient une idée : je vais commencer une grève de la faim, au chevet de Robin, jusqu'à ce qu'on me dise : d'accord, il va passer un IRM. Je vais rester à côté de lui jusqu'à ce que les médecins de

San-Salvadour acceptent de lui faire passer les examens qui attesteront si, oui ou non, notre fils est toujours dans le coma.

Nous écrivons une lettre pour expliquer notre geste désespéré, notre geste de la dernière chance, que nous donnons à la directrice de l'hôpital. Nous l'envoyons également à tous les députés et tous les sénateurs, au président du conseil général, bref à toutes les personnes qui comptent dans la région, dans le Var et les Bouches-du-Rhône, pour qu'ils appuient notre demande. Jean-Pierre Giran, député du Var, téléphone personnellement à la directrice de l'hôpital à sept heures du matin, et lui demande à peu près : « *Mais qu'est-ce que vous attendez pour faire les choses comme il faut ?* »

En fait, nous avons pris conscience que, si nous agissons tout seuls, simplement en tant que parents, qui subissent sans réagir, sans pouvoir dire ce qu'ils pensent, nous n'arriverons pas à lutter contre cette montagne qu'est le monde de la médecine. Pour Robin, les médecins font la pluie et le beau temps, décident de vie et de mort pour lui, font ce qu'ils veulent. Nous avons donc besoin de l'aide de personnes influentes, il faut faire connaître Robin, accomplir un coup d'éclat.

Nous aurions pu accomplir des actes malhonnêtes, monter une prise d'otage, mais nous ne sommes pas comme ça, ni Annick ni moi. Nous avons décidé de frapper un grand coup. Commencer une grève de la faim, c'est une lourde décision, qui peut avoir des conséquences dramatiques, nous en sommes conscients. C'est une décision lourde à prendre.

Mais cela marche ! En quatre jours, nous obtenons un séjour à l'hôpital de Bicêtre, une consultation par un professeur et des billets d'avion pour Robin et pour moi. Nous tenons absolument à ce que les examens soient pratiqués ailleurs qu'à l'hôpital de la Timone – nous n'avons plus aucune confiance dans cette équipe médicale, qui a voulu dès le début débrancher Robin. Nous voulons des médecins « neutres » !

Effectivement, les résultats des examens attestent que Robin est sorti du coma. Nous avions donc raison ! Il est également examiné par des pneumologues et des stomatologues, pour envisager le moyen de faire guérir sa bouche et d'enlever le respirateur qu'il porte en permanence. Les pneumologues nous expliquent qu'effectivement Robin n'a pas besoin de machine pour respirer et que l'urgence est maintenant de faire réparer sa bouche.

Il nous aura quand même fallu plusieurs semaines, une grève de la faim et une médiatisation à outrance pour que nous réussissions enfin à obtenir pour Robin, au CHU de Bicêtre, les examens que nous demandions !

Le trajet de retour vers Hyères est particulièrement mouvementé. Je me dis souvent que de tels enchaînements de péripéties n'arrivent qu'à nous, mais là, on atteint le sommet ! Robin quitte l'hôpital de Bicêtre pour l'aéroport en ambulance, avec une infirmière de San-Salvadour, Sabrina – que nous avons pris le soin de choisir nous-mêmes, c'est une infirmière en qui nous avons confiance –, tandis que je pars de mon côté en voiture. Il est convenu que j'attende mon fils dans l'avion. Une fois arrivé, je m'installe à ma place. Mais le temps passe et Robin n'arrive toujours pas, l'avion ne démarre pas. Dix minutes, un quart d'heure, bientôt une demi-heure de retard. Je m'inquiète sérieusement, et j'imagine tous les scénarios possibles. Je téléphone à l'infirmière qui accompagne Robin, je lui demande ce qui se passe : elle me répond qu'elle est bloquée à la douane avec Robin, les policiers sont en train de le fouiller, avec les chiens. Au moment précis où je suis en train de parler à l'infirmière, je vois arriver deux officiers de police. Ils me font descendre de l'avion, comme un malpropre, devant tout le monde, tous les passagers ont les yeux braqués sur moi, des yeux accusateurs et assez peu amènes. Je suis conduit sans ménagement sur la passerelle à côté du cockpit ; me voilà entouré de quatre policiers costauds. Le commandant de bord sort également de l'avion, me harcèle de questions sur Robin. Encadré par les policiers, je suis abasourdi. « *Qui c'est, Sabrina ? Où est votre femme ? Dans quel train ?* »

Dans le même temps, Annick a pris le TGV pour rentrer à Vitrolles. Mais – c'est là que l'histoire devient hitchcockienne ! – le train où elle devait monter a subi une avarie, une porte s'est dégondée, et tous les passagers ont dû changer de train, de sorte que quand les policiers l'appellent au téléphone pour lui demander le numéro de son train, elle ne peut pas répondre ! Les soupçons des policiers s'accroissent, évidemment.

De mon côté, au bout d'un moment, je commence à m'énerver : « *Vous allez entendre parler de mon avocat, vous allez devoir rendre des comptes s'il arrive quoi que ce soit à Robin !* »

Je comprends finalement la raison de ce déchaînement des forces de l'ordre : les policiers ont eu des soupçons quand ils ont vu arriver un gaillard d'1,70 mètre dans une ambulance pédiatrique, au lieu du nourrisson ou du petit garçon auxquels ils s'attendaient. Il faut dire que les forces de sécurité sont sur les dents depuis que, le 16 décembre, à peine quelques jours auparavant, le grand magasin parisien du Printemps Haussmann a été visé par une attaque terroriste : le magasin a été évacué suite à une alerte à la bombe émanant d'un groupe terroriste afghan, demandant le retrait des soldats français en mission en Afghanistan, et les services de déminage ont découvert cinq bâtons de dynamite dans les toilettes du magasin. Le pays tout entier est donc en alerte rouge, et les aéroports parisiens, des lieux sensibles, sont particulièrement surveillés.

J'ai beau m'expliquer, argumenter, m'époumoner sur la passerelle, le commandant de bord ne veut rien entendre et refuse que Robin monte dans l'avion. « *Il prendra le suivant !* » Pour moi, il est hors de question que Robin reste deux heures dans une ambulance, sur le tarmac de l'aéroport. Je parle aux policiers, d'abord calmement, puis de moins en moins calmement, rien n'y fait. Finalement, au bout d'un moment, l'infirmière m'appelle : « *On arrive, ils nous laissent partir.* » Les policiers me laissent donc rentrer dans l'avion. Tous les yeux des passagers, qui n'ont rien su de cette histoire, sont braqués sur moi à nouveau. J'aurais voulu disparaître dans un trou de souris ; je me suis rarement senti aussi mal à l'aise, à la fois gêné et furieux. Après cet épisode rocambolesque, l'avion décolle enfin pour Hyères, avec plusieurs heures de retard.

Comme je ne peux m'empêcher de tout analyser, de chercher une interprétation à tous les événements de la vie de Robin depuis son accident, je pense qu'il ne voulait pas prendre cet avion, car le retour dans le Sud signifie le retour à San-Salvadour.

Nous rentrons à Hyères, avec les documents qui attestent que tout ce que nous répétons depuis plusieurs semaines est vrai et qu'il faut administrer de nouveaux soins à Robin. Nous sommes contents, ravis, c'est un véritable moment de joie : on nous avait dit qu'il ne sortirait jamais du coma, qu'il serait un légume toute sa vie, et là c'est comme si Robin nous disait : « *Tu vois, papa, tu vois, maman, je vais aller mieux, je suis costaud.* »

Et eux, à San-Salvadour, ils ont détruit ce moment de joie. À notre question : « *Alors, qu'est-ce qu'on fait maintenant pour faire progresser Robin ?* », on nous répond, comme une douche froide : « *Mais comment ça, qu'est-ce qu'on fait ? On ne fait rien, on continue comme ça.* »

L'hôpital San-Salvadour est un centre pour polyhandicapés très lourds, sans aucun lit d'éveil de coma, ni plateau technique adapté au nouvel état de Robin. Son traitement reste donc identique à ce qu'il a été depuis le premier jour et les médecins ne comptent pas en changer : on lui fait uniquement le minimum vital, malgré notre opposition. Le soir, quand nous rentrons à la maison, je me dis que nous consumons notre énergie à crier dans le désert.

Nous avons réellement affaire à des médecins incompétents, des médecins à la retraite, qui n'avaient pas eu à connaître auparavant de cas comme le sien, et qui ne savent pas quoi faire avec lui. Ou qui ne veulent pas, car le maintien de Robin dans le coma leur permet de toucher des subventions, puisque les patients sont budgétés pour plusieurs années : la gastrotomie, le respirateur, l'assistance 24 heures sur 24, tout cela garantit à l'hôpital une grosse enveloppe de subventions. Par conséquent, si on enlève à Robin son respirateur, *a fortiori* si on l'emmène dans un autre établissement, les recettes de l'hôpital baissent. Du jour où on leur enlèverait Robin, l'hôpital perdrait sa poule aux œufs d'or : c'est ce que nous pensions.

De décembre 2008 à mai 2009, nous avons démarché les centres de rééducation pour trouver une place pour Robin qui a maintenant sa place dans un service d'éveil du coma et a désormais droit à la rééducation.

C'est, encore une fois, un parcours du combattant, car il existe pour ainsi dire un « bon chemin », un « bon parcours », qui emmène le patient du service de réanimation au centre de rééducation et, au cas où le patient ne récupère pas, au centre de soins palliatifs. Mais on ne peut pas emprunter le chemin dans l'autre sens, c'est-à-dire passer d'un centre pour enfants en coma profond avec soins de nursing à un centre de rééducation : cela relève d'une complexité infinie, voire d'une complète impossibilité.

Dans tous les établissements où nous envisageons de faire transférer Robin, on nous répond : « *Non, on ne prend pas de patient avec un respirateur.* » Or Robin n'a pas besoin de respirateur, mais l'hôpital d'Hyères lui en met un, seulement une heure par nuit, uniquement pour pouvoir attester qu'il en a bien besoin ! Autre obstacle au transfert de Robin, il y a toujours ce maudit bilan initial qui atteste qu'il n'y a rien à faire pour lui, qu'aucune amélioration de son état n'est possible.

Nous contactons la clinique Saint-Martin à Marseille, mais nous nous heurtons toujours à un refus, pourquoi ? Nous pensons également à la clinique Valmante, à Marseille, un établissement qui est situé près de chez nous et qui nous paraît pouvoir administrer à notre fils la rééducation dont il a besoin.

À plusieurs reprises, il m'arrive de me mettre en colère contre les médecins de San-Salvadour. Des médecins à la retraite, qui effectuent des heures de vacation, connaîtraient mieux que les plus grands spécialistes, deux pneumologues de l'hôpital Bicêtre et de la Timone, l'état de notre fils sur le plan respiratoire ? Robin n'a plus besoin de respirateur, les deux pneumologues l'ont confirmé, et à San-Salvadour on continue à prétendre le contraire, uniquement pour obtenir que Robin reste dans l'établissement, pour continuer à bénéficier des subventions qui sont liées à son état ? Chaque jour, je me répète que cette situation est intenable, ubuesque. C'est à se taper la tête contre les murs…

Nous avons l'impression d'être dans une impasse ! Encore ce gouffre, au fond duquel est tombé Robin, et aucune main qui ne se tend pour l'aider à sortir de là… Nous sommes effondrés, désespérés, désemparés. Cela dure plusieurs mois.

Mais, là encore, le soutien de nos proches et l'intervention de quelques personnes haut placées nous ont sauvés.

À Marseille, parmi ceux qui nous ont apporté leur appui, il y a avant tout Maurice Attia. Il est devenu notre ami. Il a perdu sa fille très jeune, emportée par un cancer, et a fondé une association, Céline et les autres, qui œuvre pour permettre à des enfants ou à de jeunes adultes malades de poursuivre leur scolarité et de soutenir les familles dans l'épreuve. Il s'est, en quelque sorte, retrouvé en nous, son histoire ressemble un peu à la nôtre. C'est lui qui nous a guidés dans nos démarches, qui nous a aidés, orientés, nous a expliqués comment parler à un homme politique, comment s'exprimer face à la presse…

Surtout, Maurice Attia est un homme qui a des connaissances dans le milieu politique et médical à Marseille, et notamment à la clinique Valmante. Alors que les médecins jusqu'ici prenaient leur décision en se fondant uniquement sur le bilan initial de Robin, fourni par San-Salvadour, sans prendre la peine de voir notre fils, il leur a montré des vidéos, il leur a dit : « *Prenez le temps de regarder ces images avant de prendre une décision* ». Avec une force de conviction sans pareille, il leur explique que Robin est sorti du coma, qu'« *il n'est pas foutu* », qu'il faut faire quelque chose pour l'aider, que cela vaut le coup. Il se montre extrêmement persuasif.

Un autre homme qui nous a beaucoup aidés, c'est Jacques Dupond, le fondateur de la clinique Valmante (qui est, malheureusement, mort depuis), un homme très connu, respecté par ses pairs. Il est venu en personne à la clinique pour demander à l'équipe médicale d'accepter de prendre Robin.

Et nous, en parallèle, nous multiplions les interviews dans la presse locale et nationale, *La Provence*, *Var-Matin*, *La Marseillaise*, *Midi Libre*, LCM, Europe 1, Sud Radio, Maritima…, qui font connaître à l'opinion publique notre écœurement face à l'enlisement de la situation, notre exaspération de voir que rien ne change pour Robin.

Plusieurs hommes politiques de la région marseillaise interviennent aussi, Giran, Diard, Obino, Guérini, etc.

Dans le même temps, les parents d'Annick interviennent également pour faire fléchir le destin. Mes parents sollicitent Serge Dassault, qui est le sénateur-maire de Corbeil-Essonnes, où ils habitent, et aussi l'ancien employeur de mon père, qui a travaillé à la Snecma. Serge Dassault écrit à la clinique Valmante pour qu'ils acceptent d'accueillir Robin. De son côté également, mon beau-père, le père d'Annick, écrit une lettre à Roselyne Bachelot, ministre de la Santé, qui, sensible à la situation de Robin, demande à son cabinet de faire en sorte que notre fils soit rapatrié le plus rapidement possible vers un centre de rééducation à Marseille. À elle aussi, nous devons une fière chandelle !

C'est ainsi que, le 18 juin 2009, Robin est transféré à la clinique Valmante. La veille, le 17 juin, il a encore un respirateur, et le lendemain, comme par miracle, il n'en a plus. Il n'a plus jamais eu besoin de machine pour respirer.

Le départ de Robin à Valmante constitue pour nous une grande délivrance.

Nous espérons qu'il y sera bien, qu'il recevra enfin les soins de rééducation qui lui permettront de progresser.

Robin aura passé, au total, deux ans à San-Salvadour, de juin 2007 à juin 2009. À côté de cette lutte épuisante contre un corps médical qui refusait de nous entendre, nous avons aussi trouvé à San-Salvadour un soutien inestimable, celui des infirmières, des aides-soignantes, qui ont entouré Robin et nous-mêmes d'une grande gentillesse et de soins adaptés, et nous ont encouragés dans notre combat difficile.

En partant d'Hyères, nous avons l'impression de clore une période infernale. Une page se tourne ; nous en ouvrons une autre, en croyant sincèrement qu'elle sera enfin plus belle pour Robin.

Nous n'imaginons pas encore la déconvenue qui sera la nôtre…

VI

Valmante : le combat continue

Celui qui combat peut perdre,
mais celui qui ne combat pas a déjà perdu.
Bertolt Brecht

L'installation de Robin à la clinique de Valmante représente, pour lui comme pour nous, un saut dans l'inconnu, et nous ressentons aussi de la peur – une peur face à cette nouvelle étape. Nous sommes sûrs de nous, sûrs de faire le bon choix pour Robin, sûrs qu'il n'a pas besoin de respirateur, mais – de la même façon qu'aujourd'hui, après l'opération de sa bouche, nous ne sommes pas assurés qu'il pourra un jour déglutir – le corps médical nous a tellement répété, seriné sur tous les tons que notre fils ne peut pas respirer seul et que la rééducation ne servira à rien, le pire nous a tellement été promis que nous ressentons quand même, au fond de nous, quelques doutes. On nous a tellement mis la pression que nous sommes inquiets.

C'est exactement ce qui se passe quand on décide d'entamer une grève de la faim : on prend une décision lourde de conséquences, qu'on est tout seul à assumer. Sans compter que nous sommes confrontés à la médiatisation : nous nous demandons ce que peuvent penser les gens autour de nous… Quand on se dévoile devant l'opinion, dans la presse, si l'on a tort, on perd aussitôt toute crédibilité. Nous lisons parfois, dans les journaux ou sur des sites Internet, des commentaires négatifs sur notre démarche : à côté de 97 ou 98 % d'encouragements ou de mots de soutien, nous recevons parfois des critiques. Par exemple, on nous reproche d'infliger à Robin un acharnement thérapeutique. On nous demande également pourquoi, « *après tout ce temps* », nous allons encore voir notre fils tous les jours à l'hôpital. Pourquoi nous nous occupons encore de lui, alors que nous avons deux autres enfants… Ou encore : « *Si tout le monde faisait comme vous, combien cela coûterait-il à la Sécurité sociale, à la société ?* »

À chaque fois que je lis ou que j'entends des remarques de ce genre, j'ai le sang qui se glace. Comment peut-on avoir à ce point le cœur froid ?

Tel est donc notre état d'esprit, mêlé d'espoir, de doute et d'inquiétude, quand Robin fait son entrée à Valmante.

Le centre de réadaptation fonctionnelle de Valmante, dans les Bouches-du-Rhône, implanté dans un parc de plusieurs hectares, est construit autour d'une bastide marseillaise, qui était autrefois la maison d'Edmond Rostand. Cet hôpital de deux cents lits, qui dispose également d'une quarantaine de places en hôpital de jour, organise des programmes de rééducation pour des patients souffrant de lésions encéphaliques, vasculaires et traumatiques, de pathologies traumato-orthopédiques et sportives, d'amputations... Le centre ne reçoit habituellement que des adultes, et il nous a fallu obtenir une dérogation pour y faire entrer Robin, qui vient à peine d'avoir seize ans. Notre fils intègre l'unité d'éveil, le service destiné aux patients qui sortent juste du coma ; là aussi, nous avons dû obtenir une dérogation, car cela fait plus d'un an, quasiment dix-huit mois, que Robin est sorti du coma.

Plusieurs semaines encore après le transfert de Robin, c'est avec un peu d'étonnement que nous recevons régulièrement des appels des médecins de San-Salvadour, qui nous demandent de ses nouvelles. Tant de sollicitude, bien loin de nous toucher, nous paraît étrange... Sont-ils réellement soucieux de son état de santé, ou ne cherchent-ils pas plutôt à savoir si son évolution va dans le sens qu'ils ont prévu ? Comme nous avons gardé de bonnes relations avec plusieurs infirmières d'Hyères, nous leur demandons leur avis. Elles sont formelles : les médecins attendent en réalité, froidement et cyniquement, que nous leur disions que Robin ne va pas bien, qu'il lui faut un respirateur...

L'état d'esprit des médecins de San-Salvadour ne cessera jamais de nous choquer et de nous attrister ; comment peut-on être buté à ce point-là, comment peut-on refuser de voir la vérité en face ? En fait, nous apprendrons par la suite que Robin n'a quitté San-Salvadour qu'à une condition, une clause qui jette une lumière crue sur l'attitude du corps médical : au cas où le séjour de Robin à Valmante ne se passerait pas bien, il était convenu que San-Salvadour le récupérerait. Quel cynisme, sur le dos de Robin !

Les débuts de Robin à Valmante sont plutôt encourageants et nous redonnent le moral ; les mois difficiles sont derrière nous, une page se tourne. Robin est bien mieux traité qu'il ne l'a été à San-Salvadour. Qu'il s'agisse des protocoles de soins ou de la médecine générale, il est pris en charge de manière tout à fait satisfaisante, avec attention et compétence. Bien plus, il est considéré comme le « petit » de l'unité et les infirmières et les aides-soignantes sont plutôt aux petits soins pour lui.

En revanche, s'agissant du chef de service, c'est une tout autre histoire.

Nous apprendrons plusieurs mois plus tard, peu de temps avant de quitter Valmante, que le chef de service avait accepté d'accueillir Robin uniquement pour une raison de rapprochement familial, absolument pas dans l'intention de lui donner les soins nécessaires.

Le chef de service a six patients, qu'il visite pour moitié chaque lundi matin, trois un lundi et les trois autres le lundi suivant. Une anecdote, qui nous a été racontée par une infirmière, en dit long sur le professionnalisme et la compétence du personnage. Alors qu'il visite un de ses patients, se tenant face à lui, au pied du lit, il dit à l'infirmière qu'il faudra commencer à boucher la trachéotomie pour vérifier si le malade peut respirer et déglutir tout seul, il explique qu'il faut commencer dès le lendemain, une demi-heure le matin et une demi-heure l'après-midi. L'infirmière tente de l'interrompre mais, peine perdue, le médecin, sûr de son fait, continue imperturbablement son monologue. Finalement, devant l'insistance de la jeune femme, il lui donne la parole : « *Docteur, ce patient n'a pas de trachéotomie.* » Édifiant, non ?

Une autre fois, alors que Robin a eu six selles dans la matinée, l'infirmière appelle le chef de service pour qu'il vienne l'ausculter. Elle lui signale qu'il a l'air d'avoir très mal. Peu de temps après, nous voyons le médecin ressortir de la chambre de Robin et nous dire, à notre grand étonnement : « *J'ai dit à l'infirmière de lui faire un laxatif.* » Nous sommes stupéfaits, et le laissons repartir sans mot dire… L'infirmière sort à son tour de la chambre et nous rassure : « *Ne vous inquiétez pas, je ne lui ferai pas ce qu'il a dit !* » Cela se passe de commentaire…

Ce chef de service, qui, à l'origine, est un médecin rééducateur, a pris l'habitude de tout faire pour ses patients : il examine les yeux à la place de l'ophtalmologiste, examine les dents à la place du dentiste, juge lui-même que des consultations d'ostéopathie ne sont pas nécessaires, etc. Mais le pire est qu'il refuse constamment d'entamer avec Robin un travail de rééducation de la mâchoire, malgré nos demandes répétées.

Alors que nous avons demandé que soit effectué un scanner de la mâchoire de Robin, le chef de service fait également réaliser un scanner cérébral, espérant que cela prouverait qu'il ne sert à rien de réparer la bouche de notre fils : il compte prouver ainsi l'inutilité de cette rééducation qu'il refuse de faire ! Selon lui, le scanner cérébral va montrer, définitivement, que « *c'est neurologique* », que ce n'est pas mécanique.

Je dois moi-même accompagner Robin au scanner – il n'est sans doute pas possible de détacher une infirmière pour l'emmener ! Quand je reçois les résultats, je suis perdu face à une énumération de termes médicaux, qui sont pour moi comme du chinois. Je n'y comprends rien ! Et nous voilà, avec Annick, à chercher sur Internet la signification de « l'anneau de Waldeyer » (en gros, il s'agit des amygdales) ou de « l'artère sylvienne » (l'artère cérébrale moyenne)…

Je me rends à l'hôpital et croise le chef de service dans le couloir. Nous commençons à discuter, il me demande si j'ai connaissance des résultats. Je lui répète, de mémoire : « *Robin a une hyperdensité de l'ar-*

tère sylvienne et une dilatation du troisième et du quatrième ventricule, et une hypertrophie de l'anneau de Waldeyer. » Il me dit : « *OK.* » Rien de plus... Je lui explique que, si je sais à peu près bien ce que sont l'artère sylvienne, les troisième et quatrième ventricules, par contre je ne comprends guère ce qu'est une hypertrophie de l'anneau de Waldeyer. À ce moment-là, je sens un grand vide dans son regard. Il est incapable de m'expliquer de quoi il s'agit, et ma question restera sans réponse... Il me semble pourtant que c'est à la portée de n'importe quel médecin de savoir que l'anneau de Waldeyer est l'autre nom des amygdales ! N'est-il pas grave qu'un chef de service ne le sache pas ? Et, pour un médecin qui dirige un service de neurologie, ne pas pouvoir expliquer ce qu'est l'artère sylvienne, me paraît tout aussi étonnant. Après ça, allez faire confiance à des médecins comme lui !

Il existe des médecins qui font du mal, qui causent des souffrances par leurs paroles. Je me rappelle de ce que le chef de service a dit, un jour, dans le couloir, aux parents d'un enfant qui était installé à côté de Robin : « *Votre fils ne bougera plus jamais du côté droit, il ne bougera plus jamais sa jambe et son bras droits.* » Les parents se sont effondrés, nous avons tenté de les consoler tant bien que mal, nous leur avons dit de croire en leur fils, de s'occuper de lui, de lui faire des massages, etc., pour l'aider à marcher un jour. Nous avons cherché à les convaincre que rien n'était perdu. Effectivement, un mois après, ce jeune garçon a pu bouger et, assez peu de temps après, il a pu se servir de ses deux bras et de ses deux jambes, il a marché avec une canne. Aujourd'hui, il marche seul !

Heureusement, ce médecin a aujourd'hui quitté le service de la clinique Valmante et a été remplacé.

Cela me met en rogne de me rendre compte que la vie de notre enfant s'est trouvée entre les mains d'un incompétent pendant presque deux ans !

À compter du jour où Robin est entré dans ce service, il est resté dans sa chambre quasiment 23 heures sur 24. Alors que, quand nous sommes arrivés, nous avions confiance, nous le considérions comme notre sauveur, nous avons vite déchanté.

Quand Robin est arrivé à Valmante, il nous a demandé : « *Qu'est-ce que vous voulez que je travaille en priorité avec Robin ? Quelle est votre priorité ?* » Nous lui avons répondu : « *D'abord, c'est la bouche.* » Nous avons demandé des séances de kinésithérapie pour résoudre ce problème de mâchoire coincée, et pouvoir enfin mettre fin à la trachéotomie. Il l'a noté dans le dossier de Robin. Pourtant, c'est nous qui, pendant les deux années que Robin a passées à Valmante, avons dû trouver les professionnels pour s'occuper de lui, un stomatologue, des dentistes… C'est nous qui avons dû prendre les rendez-vous de consultation, qui avons dû les faire venir à la clinique pour examiner Robin.

Là aussi, rien n'aurait été possible sans l'aide précieuse de quelques-uns de nos soutiens et amis fidèles. Ainsi, grâce à l'intervention de maître Collard, nous faisons venir à Valmante un spécialiste de Toulouse, Jacques Saboye, chirurgien plasticien spécialisé dans les réparations de la face. Je tiens à dire qu'il est venu bénévolement. Il fait l'essai de fermer la trachéotomie, constate que Robin respire bien, mais qu'il ne réussit pas à déglutir. Quand je le raccompagne à son hôtel, je lui parle de la communication avec Robin ; il me répond qu'il n'a aucun problème de communication avec lui. Il lui a dit : « *Tu vas parler, tu es content ?* » Et Robin lui a fait un grand sourire et s'est mis à pleurer...

Le professeur Saboye, avant de partir, suggère à la clinique un protocole de soins, en indiquant qu'il faut boucher la trachéotomie pendant un bref moment tous les jours, pour permettre aux cordes vocales de se réhabituer et aux voies aériennes de fonctionner. C'est le protocole normal pour les patients qui se trouvent dans un état analogue à celui de Robin. À quoi le chef de service répond, d'un ton méprisant : « *S'il veut faire ça, il n'a qu'à prendre Robin chez lui !* »

Chaque fois que nous obtenons qu'un médecin se déplace à la clinique – nous avons bien dû en amener quatre ou cinq –, le chef de service ne manque jamais de présenter de manière « orientée » l'état de Robin : il affirme, sûr de lui, que ce n'est pas la peine d'entamer un travail de rééducation avec lui, que cela ne sert à rien, etc.

Le séjour de Robin à Valmante est finalement devenu, contrairement à ce que nous espérions, un moment difficile à vivre pour nous.

Le rythme biologique de Robin s'est progressivement déréglé, depuis la fin de son séjour à San-Salvadour, et s'est complètement détraqué à partir du moment où il a vécu à la clinique Valmante : il dort le jour et est réveillé la nuit, son corps a peu à peu inversé l'alternance jour/nuit. Il a pris l'habitude de se réveiller vers 16 heures ou 17 heures, nous l'emmenons alors faire une promenade dehors – il a droit à une heure de sortie par jour – et s'endort plus tard, en général très tard, vers six heures du matin, après avoir souffert toute la nuit.

La conséquence, c'est que, le matin, quand les médecins effectuent leur visite, Robin dort ; à partir de la fin de l'après-midi, quand il n'y a plus aucun médecin dans le service – comme si les patients n'étaient plus malades après 16 heures –, il est réveillé... En fait, c'est à lui de s'adapter au rythme des médecins. Ceux-ci ont d'ailleurs utilisé le rythme biologique de Robin comme un prétexte leur permettant de se débarrasser des séances de rééducation : pour le faire travailler, il faut que Robin soit en forme, réveillé, coopératif. C'est comme un cercle vicieux !

Il a fallu notre intervention pour que soit administrée à Robin de la passiflore, une plante qui possède des propriétés sédatives et calmantes, afin qu'il dorme la nuit et qu'il soit éveillé le jour, pour lui faire retrouver un rythme biologique normal. Comme si personne parmi le personnel médical n'en avait eu l'idée !

La vie de Robin à Valmante est particulièrement monotone, morne et sans variété, faite d'une succession de journées ennuyantes et identiques les unes aux autres : après la toilette, le matin autour de huit heures, il ne voit plus personne et passe le reste de la matinée tout seul dans sa chambre, avec une seule interruption pour une séance de kinésithérapie à 11 heures. Dans ces conditions, que voudriez-vous faire, à part dormir ? Valmante est pourtant un centre de rééducation fonctionnelle, où Robin aurait dû recevoir des soins ! Et les médecins nous disent : « *Robin dort, que voulez-vous qu'on lui fasse faire ?* »

De temps en temps, Robin reçoit la visite d'une orthophoniste et d'une psychologue ; celle-ci n'est d'ailleurs pas spécialisée en neurologie, c'est une psychologue qui s'occupe de tous ceux qui se trouvent à Valmante. L'orthophoniste me dit un jour, très sérieusement, qu'elle se demande comment obtenir de Robin qu'il ouvre les yeux. Évidemment, quand elle lui demande d'ouvrir les yeux, Robin dort… Nous, au contraire, nous réussissons à lui faire ouvrir les yeux sans difficulté, tout comme y parviennent également, sans aucune difficulté non plus, les infirmières du service.

L'orthophoniste et la psychologue utilisent, dans

leur travail avec Robin, une grille de tests préétablis, comprenant une quarantaine de questions à poser au patient. Il s'agit de tests qu'on réalise généralement avec des patients atteints de déficience ou ayant subi un accident vasculaire cérébral. Une fois les tests réalisés, les deux médecins nous expliquent que Robin a un score de 18/40 : c'est son niveau. Le chef de service le considère comme mauvais. Je demande à disposer d'une photocopie des questions, pour faire travailler Robin et le faire progresser, et je constate que, sur les quarante tests, vingt correspondent à une réponse verbale, par exemple : « *Est-ce que tu peux me dire quel jour on est aujourd'hui ?* » Mais Robin ne peut pas parler, il ne peut même pas émettre un son ! En réalité, si on prend en compte uniquement les activités qui sont à sa portée, il atteint un score de 18/20 ! Ce résultat a d'ailleurs été confirmé par un neuropsychiatre de Montpellier.

Peu de temps après que Robin a été accueilli à Valmante, il est suivi par une neuropsychiatre à mi-temps. Elle fait du bon travail, lui propose des exercices très variés et, comme les séances de travail sont toujours différentes, il participe : elle sait l'intéresser à ce qu'elle lui fait faire. Quand Robin n'est pas bien lors d'une séance, quand il souffre, elle lui fait passer une balle sur les mains : c'est une recherche sensorielle, où le patient n'a pas à s'impliquer, il a juste à prendre ce que le médecin lui donne.

Ainsi réussit-elle à obtenir de lui plusieurs gestes, des mouvements différents : il dit « *bonjour* » en levant la main droite, et « *oui* » en serrant la main gauche. Un jour, elle lui fait écouter le bruit de l'orage et nous dit ensuite, avec dans les yeux de la tristesse et de la compassion pour Robin : « *Après avoir vu sa réaction, je ne le ferai plus jamais.* » Elle tient à nous faire participer à ses séances de travail, car elle considère que notre présence aux côtés de Robin est importante pour le faire travailler.

Cependant, cette neuropsychologue a dû s'absenter quelques mois, et nous n'avons jamais retrouvé de médecin qui fasse preuve d'autant de compétences qu'elle. Quand elle est revenue, six mois après, la clinique n'a pas voulu qu'elle recommence à travailler avec Robin, « *parce qu'elle utilise des méthodes hors protocole* ». Ah, c'est très important, les protocoles…

Depuis cette rencontre, nous sommes restés en contact avec elle.

Nous avons compris que la psychologue et l'orthophoniste de Valmante qui se sont occupées de Robin par la suite, lui faisaient faire des exercices tellement monotones, tellement récurrents que, quand il les voyait arriver toutes les deux, il fermait les yeux et se mettait à dormir.

Confrontés à divers psychologues, à des méthodes de travail et à des approches différentes, nous avons souvent émis des doutes sur leur manière de travailler, sans avoir toujours l'audace – ou l'irrespect – de le leur faire remarquer. Je vais en donner quelques exemples.

Dans la récupération neurologique figure la récupération du schéma corporel : c'est une des choses les plus importantes pour quelqu'un qui se réveille du coma. Il s'agit de lui faire reprendre conscience qu'il a un corps, des bras, des jambes, qu'il ne fait pas partie du matelas de son lit. Dans ce but, on utilise un miroir, pour permettre au patient de voir son corps. Cela constitue une étape importante pour les patients. Or, la psychologue de Valmante utilise un miroir de poche, qu'elle met devant les yeux de Robin, qui donc ne peut guère y voir que ses yeux… Quand je lui ai demandé pourquoi elle s'y prend ainsi, elle m'a répondu benoîtement qu'elle ne veut pas le stresser, qu'elle ne veut pas lui faire de la peine ! Et ce n'est qu'un exemple parmi d'autres du même genre…

La plupart du temps, Robin doit accomplir des exercices répétitifs, identiques jusqu'à l'ennui.

C'est pourquoi, voyant cela, nous avons décidé de faire venir dans sa chambre des neuropsychiatres, des pédopsychiatres, en cachette des médecins de la clinique, pendant les heures de visite. Nous les faisons passer pour des amis, des membres de notre famille… De toute façon, après 16 heures, on ne croise plus un seul médecin dans les couloirs de l'hôpital. On n'imagine pas les trésors d'imagination qu'il faut déployer, les stratagèmes qu'il faut inventer pour déjouer la bêtise humaine !

Nous organisons ainsi la visite à Valmante de dentistes, d'ostéopathes, d'orthodontistes... Plusieurs spécialistes de renom se sont déplacés jusqu'au lit de Robin, sont venus « en douce », soit pour donner un avis, soit pour l'examiner et émettre des préconisations, soit aussi pour constater que la manière dont il est pris en charge à Marseille ne va pas dans le bon sens...

Je pense en particulier à un ostéopathe qui est venu voir Robin tous les quinze jours, sans rechigner à effectuer le trajet Vitrolles-Marseille. Un de ses confrères s'est déplacé à plusieurs reprises de Cassis. Un orthodontiste également, Guillaume Joseph, est venu de Pertuis dans le Vaucluse, et s'est occupé de réaliser les mesures et les moulages qui sont nécessaires en vue de l'opération de la bouche réalisée par le professeur Lantieri. Il est même venu à notre domicile ! Le docteur Brunel, chirurgien-dentiste à Vitrolles, nous a également beaucoup aidés : il a effectué des radios, confectionné une mentonnière (il s'agit d'un cerclage autour de la tête, permettant de fermer la bouche), a réalisé le moulage de dents de Maxime. J'ai en effet proposé d'utiliser le visage de Maxime, frère jumeau monozygote de Robin, pour constituer un comparatif morphologique précis. Tous les deux ont fait preuve d'une disponibilité et d'une gentillesse rares.

À chaque fois que nous avons fait venir d'éminents spécialistes, de grands médecins, le plus souvent grâce à des recommandations d'amis ou à des appuis haut placés, qui ont fait avancer nos demandes, à chaque fois nous avons proposé de payer ces consultations. Cela nous paraît tout à fait normal, nous ne demandons jamais la charité, c'est notre honneur. Mais à chaque fois que nous avons posé la question « *Combien on vous doit ?* », nous avons obtenu la même réponse : « *Rien du tout, c'est ma contribution pour aider Robin.* »

J'ai notamment été beaucoup aidé par Jean-Pierre Roll, professeur des universités à Marseille, responsable technique du Centre de recherche en IRM (imagerie par résonance magnétique fonctionnelle) de Marseille. Le Centre IRM de Marseille a pour vocation de permettre à des scientifiques ou à des médecins, locaux, français ou internationaux, de mener des recherches dans le champ des neurosciences fondamentales et cliniques et de la psychologie cognitive, par la méthode de l'imagerie par résonance magnétique fonctionnelle.

Les travaux du professeur Roll sont centrés sur la proprioception musculaire, qui est la sensibilité mécanique de l'appareil moteur, distribuée dans la totalité des muscles et profondément enfouie en leur sein. Il a ainsi mis en évidence, chez l'homme, le rôle fondateur de la sensibilité proprioceptive, à la fois pour l'intelligence du corps et pour la nécessaire mise en relation de l'espace corporel et de l'espace extracorporel. Selon lui, la sensibilité proprioceptive, distribuée « de l'œil au pied » dans toute la musculature corporelle, contribue à l'organisation posturale, à la régulation de l'équilibre et à la représentation consciente de l'action. La sensibilité tactile et notamment podale assure des fonctions similaires, et les informations qu'elle fournit sont intégrées fonctionnellement à celles provenant des muscles. Les expériences de manipulation de cette modalité qu'il a pu réaliser évoquent chez l'homme des illusions kinesthésiques.

Roll a finalement établi le principe que les informations proprioceptives, nées de l'action même, sont le principal et premier opérateur de la conscience du mouvement et qu'elles participent alors à des fonctions mentales de niveau élevé, fonctions qui relèvent du répertoire des activités cognitives. Ses travaux ont débouché sur des cas d'application clinique dans le domaine de la réadaptation fonctionnelle. Pour ma part, j'en ai tiré la conviction qu'il est possible de réinformer le cerveau par le biais du corps (par la contraction musculaire), par la stimulation par vibration tendineuse.

Le professeur Roll nous a aidés à acquérir du matériel pour stimuler Robin et le faire travailler.

Nous sommes aussi allés chercher de l'aide de l'autre côté de l'Atlantique. Un soir, en regardant la télévision, je tombe par hasard sur un documentaire de la chaîne National Geographic, qui parle de l'effet de l'électrostimulation sur le cerveau et des recherches du professeur Cooper.

Les travaux d'Edwin Cooper, professeur de neurologie, professeur invité du département de neurochirurgie de l'Université de Virginie (Charlottesville), professeur associé du département de médecine de l'Université de Caroline (Greenville), montrent que la stimulation électrique du système nerveux a des effets remarquables et insoupçonnés : elle permet d'accroître le débit sanguin cérébral, accélère le réveil du coma, améliore l'élocution, accroît l'activité cérébrale, facilite les réponses des neurones dans les cas de cortex endommagé, améliore la vigilance, la réponse motrice et émotionnelle…

Le Pr Cooper a développé une nouvelle technique, qui permettrait aux patients de sortir du coma, en appliquant des courants électriques aux nerfs spinaux, pour stimuler le cerveau. Il a publié plusieurs études sur cette technique. Derrière ce traitement, il y a l'idée que le courant électrique, traversant les nerfs crâniens, active le « système réticulé activateur », une zone du cerveau dont on sait qu'elle intervient dans le réveil et le mouvement ; de là, on pourrait stimuler l'activité des centres supérieurs du cerveau, le thalamus et enfin le cortex.

J'ai également découvert des recherches menées par des scientifiques japonais, qui ont tenté d'implanter des électrodes directement dans le cerveau pour accélérer le réveil du coma, avec quelques succès dans les premiers essais.

Par ailleurs, Edwin Cooper est membre de la *Lifeboat Foundation*, une organisation qui s'est donnée pour objectif d'encourager le développement scientifique, afin d'aider l'humanité à surmonter les risques que lui ferait courir un usage abusif de technologies de plus en plus avancées dans des domaines comme la manipulation génétique, la nanotechnologie, la robotique et l'intelligence artificielle... Pour promouvoir ses objectifs, elle mène plusieurs actions : aide au développement de technologies capables de défendre l'humanité, recherche de nouvelles méthodes pour combattre les virus (interférence ARN ou nouveaux vaccins), mise en place de stratégies de défense faisant appel à la nanotechnologie, etc.

Dès que j'ai découvert le champ de ces recherches, je me suis mis aussitôt à imaginer l'utilisation qui pourrait en être faite sur Robin. J'ai contacté le Pr Cooper par Internet, qui nous a répondu. Je lui ai raconté l'histoire de Robin et il en a été très touché. Je lui ai envoyé son dossier médical, qu'il a montré à un professeur de Washington, qui a jugé que l'analyse qu'on pouvait faire de son imagerie n'était pas aussi négative et pessimiste qu'on nous l'avait fait croire.

J'ai également tiré un grand profit du livre que Norman Doidge, un psychiatre canadien, chercheur, psychanalyste, a écrit en 2007: *The Brain that changes itself.* Cet ouvrage, qui décrit les derniers progrès des neurosciences, est devenu un bestseller international, faisant découvrir à l'opinion publique les étonnants pouvoirs du cerveau. Doidge y illustre et explique la neuroplasticité cérébrale. C'est une découverte fondamentale : que le cerveau est un organe plastique, vivant, qui peut réellement changer sa propre structure et sa fonction, même à un âge avancé. Doidge illustre et explique que la structure et la fonction du cerveau peuvent être modifiées, dans des conditions naturelles, par une expérience mentale. La découverte de cette propriété représenterait même le plus grand changement dans notre compréhension du cerveau depuis quatre cents ans. On comprend que les implications en soient jugées fondamentales ! À la clef, il y a de nouveaux traitements pour les maladies du cerveau, les troubles psychiatriques ou émotionnels…

De toutes ces études qui, il faut bien le reconnaître, sont particulièrement pointues et dont bien des passages et des raisonnements me passent au-dessus de la tête, j'ai tiré une conclusion : l'électrostimulation peut être utile à Robin.

Qu'entend-on par « électrostimulation » ? On applique des électrodes sur la peau et on envoie des courants de diverses natures (variation de la fréquence, de la largeur d'impulsion, de la forme du courant, etc.), dans des buts spécifiques à chaque courant. Il faut stimuler Robin de toutes les manières possibles, électriques, musculaires, tendineuses… ; il a besoin d'une électrostimulation en rectangle, à une certaine fréquence.

Cela se comprend aisément : la foudre, en frappant Robin, a tétanisé l'ensemble des muscles et a endommagé le système neurologique, nerveux, sensoriel. La chaleur atteinte, l'ampérage a été tellement puissant qu'on pourrait dire, en quelque sorte, que cela a fait disjoncter le système.

Je suis allé consulter plusieurs exemplaires des *Annales de kinésithérapie*, la revue de la Société française de kinésithérapie (SFK), mais je me suis rendu compte que beaucoup de travaux et de thèses sont restés à l'état d'hypothèses et d'essais : on n'applique pas ces méthodes dans la médecine française. « *Pas de ça chez nous !* » Ces traitements « nouveaux », en tout cas novateurs et originaux, vont à l'encontre des dogmes, des protocoles qui constituent les fondamentaux de la médecine telle qu'elle est pratiquée dans notre pays. Cela a l'air de gêner beaucoup de gens ! D'où, bien souvent, l'accusation de « charlatanisme » qui est utilisée à l'encontre de ces chercheurs dont le seul tort est de vouloir sortir des chemins battus et des protocoles habituels pour inventer des traitements efficaces.

Nous avons donc pris conscience que notre fils doit être stimulé d'une certaine manière, et cela n'a malheureusement pas été fait depuis le début ; là est notre souci, notre demande, notre cri.

Pour pouvoir effectuer ces stimulations, nous sommes même allés dans un *sex-shop*, pour la première fois de notre vie, pour acheter un vibromasseur – que n'aurons-nous pas fait pour notre fils ! Nous lui appliquons le vibromasseur sous le bras, derrière la tête, et ainsi la vibration redonne des sensations sur le plan musculaire, nerveux. En quelque sorte, la vibration informe le cerveau de Robin que cette zone de son corps existe. De même, nous le piquons, nous le pinçons... Nous avons imaginé tout un ensemble de stimulations que nous appliquons à Robin pour le faire progresser.

Nous avons également compris qu'il est toujours préférable de faire appel au libre-arbitre du patient : de l'inciter à faire son choix, à prendre lui-même des décisions qui le concernent. Il est plus facile d'exécuter un ordre – « *bouge la main gauche* », « *ferme l'œil gauche* »... – que d'avoir le choix : « *bouge ton pied ou ton bras* ». Dans ce dernier cas, il faut que le patient réfléchisse. C'est une forme de réflexion qui, bien au-delà de la rééducation fonctionnelle, est importante aussi pour l'ensemble de la vie quotidienne.

À côté de ces stimulations corporelles, physiques, il y a les sensations émotionnelles, les affections, toutes les émotions, positives ou négatives, qui comptent aussi : la tristesse est tout autant importante que la joie, le malheur tout autant important que le bonheur.

S'il y a une conclusion à tirer de tous ces tâtonnements, de ces essais, c'est : quel gâchis ! Je regrette amèrement d'avoir découvert toutes ces informations, d'avoir connu ces traitements si tard – trop tard ? Tout ce que nous découvrons nous aurait sûrement été utile plus tôt.

Je me dis souvent que nous avons perdu du temps, beaucoup de temps.

Plus nous arrivons à faire progresser Robin, plus c'est passionnant. Plus c'est difficile aussi, parce que le temps compte, et qu'il joue contre nous. On dit que « le temps, c'est de l'argent ». Pour nous, le temps, c'est de la fonctionnalité, c'est de la récupération en moins pour Robin.

C'est pour cette raison précisément que nous insistons tant pour que des soins très poussés soient appliqués à Robin maintenant. Un cerveau a besoin d'un reformatage complet pour récupérer vraiment : est-ce possible avec une demi-heure de kiné par jour ?

VII

Les politiques à la rescousse : « *On va s'en occuper* »

Dans la vie, on ne regrette que ce qu'on n'a pas fait.
Jean Cocteau

Une expression populaire dit à peu près : « Le bonheur, c'est quand les emm… se reposent, et il faut faire attention à ne pas les réveiller. »

Notre vie depuis mars 2007 est assez bien résumée par cette phrase. Les épreuves se succèdent les unes aux autres, à chaque fois plus inattendues et plus désarmantes. Chaque difficulté surmontée n'est qu'une rémission, nous poussons un bref soupir de soulagement en attendant la suivante. Je me sens parfois comme un capitaine qui navigue dans une passe difficile et voit au loin, devant la proue de son bateau, se présenter les écueils les uns après les autres. Après Charybde, Scylla. Après Ouessant, Sein.

Étant Breton d'origine, je suis très sensible à la comparaison avec les périls qui guettent, au large du

Finistère, les marins venant de la Manche et se dirigeant vers l'Atlantique Sud : au nord, l'archipel d'Ouessant, chapelet d'îles à partir de la pointe Saint-Mathieu, Béniguet, Molène, Balanec…, enfin Ouessant est un premier danger, suivi au sud par la chaussée de Sein. S'y ajoute une multitude d'îlots, de hauts fonds, de récifs, de parties émergentes du vaste plateau sous-marin qui se situe au large des terres finistériennes, d'Ouessant à la chaussée des Pierres Noires, à la limite nord de la mer d'Iroise. Les marins avancent malgré tout, espérant avoir assez de chances pour atteindre la rade de Brest et la baie de Douarnenez, ou espérant trouver une anse où la présence de hauts-fonds ne rendrait pas le débarquement trop aléatoire.

C'est exactement ce qui se passe avec Robin : en temps ordinaire, la mer est formée et il ne faut jamais baisser de vigilance ; la moindre inattention peut être fatale. Robin réalisant des progrès appréciables avec le temps, on se reprend à espérer, comme un marin qui aurait trouvé un chenal de navigation exempt d'écueils. Mais on n'est jamais à l'abri et à tout moment peuvent apparaître des courants violents, qui peuvent même former des contre-courants dangereux. Il faut peu de vent pour lever une mer hachée, dure, potentiellement mortelle.

À Valmante, la vie de Robin s'écoule plus ou moins tranquillement, quand soudain un écueil se présente sur notre route. À l'automne 2010, un lundi matin, soudain, brutalement, le chef du service où est accueilli Robin nous annonce qu'il ne veut plus le garder, qu'il n'y a plus rien à faire pour lui, que nous devons le ramener à la maison. Vlan ! J'ai l'impression de recevoir une grande claque. Il nous explique qu'il n'a accepté d'accueillir notre fils dans son service que pour un rapprochement familial – ce qui sous-entend qu'il ne l'a pas pris pour le soigner. En fait, Robin a été placé « en gardiennage » à Valmante : tout ce que le médecin a fait, c'est l'entretenir, l'empêcher de mourir, jusqu'à ce que nous le reprenions à la maison.

En fait, nous l'avons vite compris, il s'agit ici encore d'une question bassement matérielle, financière. Une affaire de gros sous. Dans le système hospitalier, la règle est qu'il faut faire tourner les patients : les enveloppes de subventions pour les patients sont dégressives avec le temps, c'est-à-dire que l'argent que le centre de Valmante reçoit pour Robin diminue avec la durée d'hospitalisation. Il est donc plus rentable pour la clinique de se « débarrasser » des patients qui sont là depuis un certain temps, pour en prendre de nouveaux, plus lucratifs.

C'est « retour vers le futur » : nous sommes replongés plusieurs mois en arrière, quand nous cherchions un centre qui accepterait d'accueillir Robin à son départ de San-Salvadour.

Nous adressons des demandes d'accueil à plusieurs centres de rééducation, mais à chaque fois le chef de service ne manque pas d'envoyer un dossier médical qui laisse entendre que Robin serait mieux à son domicile, que ce n'est pas la peine de pratiquer des soins, que cela ne servirait à rien... Nous l'avons compris en lisant la lettre de réponse d'un centre de rééducation. Le chef de service, membre du corps médical, a forcément raison... Davantage raison que des parents. Il justifie par l'obligation d'un retour à domicile le fait d'avoir effectué aucun travail de rééducation sur Robin.

Désemparé, ne sachant que faire, je décide de me tourner vers le député de notre circonscription, Éric Diard. Nous sommes alors en novembre 2010. Je le contacte en lui envoyant un message sur Facebook et, deux minutes à peine après mon message d'appel à l'aide, il me répond : « *Prenez contact avec mon secrétariat, je suis d'accord pour qu'on se voie le plus rapidement possible.* » Nous nous rencontrons deux jours après, avec son attachée parlementaire, Carole Colombo-Seipelt, à la mairie de Sausset-les-Pins. Nous leur expliquons l'histoire de Robin, mais ils ont déjà un gros dossier sur nous, ils connaissent notre histoire, se tiennent au courant de l'évolution de notre fils. Parents tous les deux, ils sont très touchés par notre histoire et, bien souvent, quand nous leur racontons certaines de nos péripéties, ils ont les larmes aux yeux. Ils sont outrés par l'attitude des médecins : « *Ce n'est pas possible !* », s'exclame le député Diard, « *même s'il n'existe qu'1 % de chance qu'on puisse guérir Robin, ils doivent le saisir, ce petit pourcentage de chance !* » Il nous promet qu'il parlera de Robin au ministre de la Santé, pour envisager avec lui les moyens de l'aider.

Éric Diard et Carole Colombo-Seipelt ont considérablement fait avancer notre cause, en toute discrétion. Ils ont réellement contribué à sauver Robin. Le député a été aussi actif que gentil et, à chacune de nos rencontres, nous n'avons jamais parlé de politique.

Ils nous ont envoyé notre première bouée de sauvetage : jusqu'alors, à chaque fois que nous réussissions à sortir la tête hors de l'eau, quelqu'un nous la remettait. Mais là, pour la première fois, on nous a tendu une bouée. Pour reprendre l'image utilisée par maître Collard, c'était la première fois que quelqu'un tirait la corde pour sortir Robin du puits où il se noyait.

Depuis cette première rencontre, nous nous parlons régulièrement, que ce soit avec Éric Diard ou avec Carole Colombo-Seipelt.

Pendant ce temps, le centre de Valmante nous presse de plus en plus de reprendre Robin. Nous aurions souhaité que les interventions des hommes politiques que nous avons sollicités aboutissent dans la semaine même, mais nous nous sommes rendus compte que les choses prennent du temps. Nous voilà donc au pied du mur : Robin a encore besoin de soins, pour un patient qui n'est pas hospitalisé, il est très difficile de passer un IRM, les soins de kinésithérapie ou de balnéothérapie ne sont pas possibles à domicile, le moindre déplacement devient très compliqué, puisque Robin ne se déplace qu'avec de nombreux appareils et équipements, etc.

Nous tournons cela dans notre tête, sans trouver d'issue favorable. Nous essayons à plusieurs reprises de téléphoner au ministère de la Santé, de demander un rendez-vous, mais sans succès. À chaque fois, nous nous heurtons au barrage du standard, et personne ne nous rappelle. Mais le ministre me semble être le seul capable de déplacer la montagne qui menace la survie de Robin : qui peut, face aux médecins, peser le plus dans la balance ?

Le seul moyen d'atteindre le ministre, c'est donc de monter à Paris. Et, un matin, comme ça, une idée me vient à l'esprit : pour attirer son attention, nous allons planter une tente devant le ministère.

Nous voilà donc, deux petits Vitrollais, deux parents désemparés décidés à se battre pour leur fils, montant à Paris. Nous nous installons en face du ministère de la Santé, dans le square d'Ajaccio, bordant l'hôtel des Invalides, à l'angle du boulevard des Invalides et de la rue de Grenelle. Nous écrivons une lettre au ministre que nous remettons à l'accueil du ministère, où nous expliquons que nous sommes les parents de Robin, qu'Éric Diard a dû parler de nous, que nous sommes installés dans le square sous les fenêtres du ministre, que nous y resterons tant que nous ne l'aurons pas vu, et surtout que je débute ce jour une grève de la faim et que j'arrête mon traitement médical (je prends des médicaments pour le cœur à la suite d'un infarctus).

Nous plantons notre tente à proximité de l'esplanade des Invalides, avec un ordinateur et un téléphone portables, qui nous permettent de rester en contact avec Vitrolles. Nous installons une grande pancarte, que nous avons fabriquée avant de partir, sur laquelle est indiqué : « *En grève de la faim pour notre fils Robin.* » Un membre de l'association nous accompagne. Sans que nous n'en sachions rien, notre mobilisation a déclenché un buzz à Marseille et dans la région, des Vitrollais et des Marseillais se déplacent jusqu'à la mairie voir Jean-Claude Gaudin, nos amis Facebook multiplient les appels au standard du ministère de la Santé pour que nous soyons reçus, ils appellent également plusieurs journalistes de la presse parisienne, dont pas un ne s'est d'ailleurs déplacé…

Au cours de ma grève de la faim, je rencontre de nombreux passants qui viennent à notre rencontre, s'arrêtent, nous posent des questions. Je me souviens notamment de Patrice Duhamel. Une dame qui n'a pas compris que je fais une grève de la faim, propose de nous apporter un couscous ; une autre nous donne dix euros pour prendre le métro pour rentrer chez nous… Et à chaque fois que nous racontons notre histoire, les gens sont outrés, choqués.

Dans notre square, les heures se passent, à compter les convois ministériels, avec 607 grises ou bleu marine, motards et sirènes hurlantes.

Je suis allé loin, je le reconnais, entamer une grève de la faim s'apparente à un geste suicidaire. Nos proches se sont inquiétés pour nous. Les gens qui passaient nous voir me disaient : « *Dans deux jours, on va vous emmener à l'hôpital !* » C'est justement pour cette raison qu'Annick ne faisait pas la grève de la faim : pour pouvoir prendre le relais. Nous avons joué notre dernière carte. Je me dis parfois qu'il est incroyable que, dans un pays comme le nôtre, développé, évolué, avec un système de santé qui est considéré comme l'un des tout meilleurs au monde, des parents doivent en arriver là pour faire soigner leur enfant ! N'est-ce pas inconcevable, intolérable dans la France du XXIe siècle ? Hippocrate doit se retourner dans sa tombe.

Mais, heureusement, nous avons été entendus, avant que tout cela ne finisse mal.

Au bout de quatre jours, notre mobilisation porte ses fruits. Le cabinet du ministre accepte de nous recevoir. Nous comprenons tout à fait ce délai : les conseillers de son cabinet ne savent pas à qui ils ont affaire, veulent prendre des renseignements avant d'intervenir, prennent le temps de connaître le problème et les solutions qui peuvent y être apportées... Xavier Bertrand se trouve alors en déplacement et, quand il rentre, il demande aussitôt à ce que son chef de cabinet nous reçoive. C'est ainsi qu'un jour, dans le square, nous voyons arriver une dame, qui nous dit : « *Vous avez rendez-vous à*

17 heures avec le chef de cabinet et un conseiller du ministre. »

Nous nous rendons à l'heure dite au ministère. L'accueil est un peu froid, nos interlocuteurs sont secs au début de l'entretien. Ils nous prennent de haut. Le conseiller spécial parle avec un ton assez agressif, la discussion est dure. Mais nous argumentons, nous expliquons, nous tentons de « vendre » l'histoire de Robin, puisqu'il s'agit bien de cela : il faut trouver les arguments les plus convaincants, de nature à donner envie à nos interlocuteurs de nous venir en aide, pour que notre fils ait les meilleurs soins possibles, pour lui sauver la vie. Et, progressivement, derrière leur abord froid, nous les voyons fondre et s'affaisser de plus en plus dans leur fauteuil. La glace se brise. Le chef de cabinet parle de plus en plus. « *Pourquoi ne nous avez-vous pas contactés avant ?* », nous demande-t-il. Je réponds, naïvement et sincèrement : « *On ne savait pas comment faire.* » Un simple facteur et une simple secrétaire, cela n'a pas l'habitude de fréquenter les salons des ministères ni de venir sonner à la porte des hauts lieux de l'État…

Ces quelques jours marquent un grand tournant pour Robin. C'est vrai que j'y suis allé un peu fort, j'ai voulu frapper un grand coup en décidant une grève de la faim et en arrêtant mon traitement médical, mais comment faire autrement ? Nous avions l'impression d'être dans une impasse, et nous avons essayé de nous en sortir, c'est tout. Nous avons joué notre va-tout, et cela a marché, nous avons trouvé une porte de sortie : le ministre s'est engagé à nous venir en aide. Il est le seul à pouvoir imposer une volonté contre un corps médical unanimement convaincu que le destin de Robin est scellé, que son cerveau est irrémédiablement « *grillé* », qu'il ne sert à rien de continuer à le soigner. Et contre un corps médical qui considère que notre comportement relève de l'acharnement thérapeutique. Mais même le ministre a dû se battre, a eu du mal à faire accepter ses décisions à certains médecins.

Il est possible que notre action crée un précédent : peut-être que d'autres parents agiront comme nous à l'avenir. Je souhaite bonne chance au prochain ministre de la Santé !

Le chef de cabinet de Xavier Bertrand nous dit : « *Je vous rappelle dans quarante-huit heures pour vous indiquer les solutions qu'on peut trouver pour Robin. Et maintenant, vous arrêtez votre grève de la faim, on est d'accord ? Vous reprenez vos cachets, vous me l'assurez, OK ?* » Et, en partant, sur le ton de la plaisanterie : « *Nous allons faire valider votre diplôme d'infirmier, parce que manifestement vous avez le niveau !* »

Nous sentons qu'enfin quelqu'un prend les choses en main, que la situation de Robin va s'améliorer. Le soir même, rassurés, nous reprenons le train pour rentrer chez nous et revoir Robin.

Cette aventure parisienne aura duré quatre jours.

Nous avons fait tout cela pour lui, mais nous nous sentions coupables vis-à-vis de lui, car c'était la première fois depuis l'accident que nous ne sommes pas allés le voir tous les jours. Dès le lendemain de notre retour à Vitrolles, nous retournons à Valmante pour rester auprès de lui toute la journée. Le soir même, mon téléphone sonne. Annick comprend à mon air qu'il se passe quelque chose d'inhabituel. Elle me voit m'asseoir, répondre : « *Bonsoir, Monsieur le ministre.* » C'est Xavier Bertrand lui-même qui nous appelle pour nous annoncer qu'il va s'occuper de Robin, qu'il prend les choses en main. Je me souviens encore de sa phrase : « *À pathologie exceptionnelle, moyens exceptionnels. Je vais vous aider.* » Et moi, au téléphone avec un ministre de la République ! Je suis très ému, sûrement tout blanc. Ce ne sont pas des gens qu'on côtoie tous les jours…

Cette facilité qui est devenue la nôtre de parler à des gens importants, nous l'avons forgée peu à peu. C'est surtout Robin qui nous la donne. Même quand nous nous adressons à un ministre, les mots sortent avec facilité. Comme je l'ait dit un jour à Xavier Bertrand, il est plus facile de parler à un ministre qu'à un médecin… Et Annick, qui est d'un naturel si timide, qui, avant l'accident, bégayait à chaque fois qu'elle devait parler à son patron, a pris sur elle : elle est aujourd'hui capable de parler avec aisance à un député, à un professeur de médecine, à un ministre ! C'est Robin qui nous donne cette force, ce courage, cette détermination.

En avril, une semaine après le coup de téléphone du ministre, Éric Diard m'appelle : Xavier Bertrand va venir dans la région pour une réunion politique, il veut nous rencontrer. Nous nous rendons donc à Sausset-les-Pins. Le ministre nous prend à part et nous discutons dix bonnes minutes. Il nous explique qu'il est très content de pouvoir nous rencontrer, qu'il va nous aider. Il réagit en père de famille, est touché par l'histoire de Robin comme peut l'être un papa ; il nous montre les photos de ses enfants sur son téléphone portable... J'ai été touché de l'entendre dire que s'il était dans la même situation que nous, il aimerait que quelqu'un lui vienne en aide.

Plus concrètement, il nous annonce que, dans un premier temps, Robin va rester à Valmante, il n'y a pas d'autre possibilité pour l'instant, le centre de rééducation ne mettra pas notre fils à la porte, il nous l'assure. Il nous annonce également qu'il va faire en sorte que Robin passe des examens neurologiques en dehors de la région marseillaise : il va le faire examiner par un neurologue « neutre », pour établir une évaluation globale neurologique. « *À partir de là,* assure-t-il, *on va remettre les pendules à l'heure* ».

Quelques semaines plus tard, c'est le 17 juin, un vendredi soir, nous recevons un coup de fil. Il doit être 19 heures 30. On nous annonce que le ministre veut rencontrer Robin : il va venir le voir à son chevet, à la clinique, dans trois jours. Cela doit rester confidentiel, ce n'est pas une visite officielle. « *Ne dites rien.* » Le rendez-vous est prévu le lundi à 14 heures 30.

Le jour dit, à 13 heures, nous arrivons à la clinique et nous patientons dans le bar de la clinique, tenu par notre amie Hélène, que nous avons mise dans la confidence. Nous sommes un peu surpris de constater que le plus grand calme règne dans le centre. Rien de particulier ne semble se préparer. Étrange… Soudain, à 13 heures 30, branle-bas de combat, une femme court, les portes claquent, on entend des cris, des pas précipités, ça parle fort… Le centre vient d'être prévenu que le ministre va arriver dans une heure ! Aussitôt, les grands moyens sont déployés, femmes de ménage et agents de service nettoient les salles et les couloirs, nous voyons même le sous-directeur ranger les chaises. Annick serre mon bras et me dit : « *Ce moment, vis-le à 250 %, savoure-le. Pour une fois, c'est nous qui avons le dessus, ce n'est pas à nous qu'on s'en prend.* » C'est comme une revanche. Une petite vengeance.

Pour une fois, ce sont eux qui ont la pression, ce n'est pas nous.

Le ministre arrive, entouré d'un cortège d'une vingtaine de personnes, il marche en premier, c'est assez amusant de voir la directrice du centre courir à côté de lui. Il me serre la main, fait la bise à Annick. « *Allez, on va voir Robin.* » Et nous voilà dans le couloir qui mène à la chambre de notre fils, le ministre en tête. En arrivant devant la porte, il se retourne et dit à la petite troupe : « *Le papa, la maman, mon chef de cabinet, un médecin, c'est tout.* » Tous les autres restent dehors. Une petite vengeance, disais-je…

Cette rencontre a duré une heure. Robin, qui d'habitude en début d'après-midi dort d'un sommeil profond, est cette fois réveillé, il n'a pas l'air d'avoir trop mal, ses yeux sont grand ouverts, comme s'il savait que ce jour-là il doit être en forme, comme s'il savait que beaucoup de choses dépendent de son état. Xavier Bertrand lui dit bonjour, et Robin lève la main pour lui dire bonjour à son tour. Annick lui demande : « *Tu es impressionné ?* » Il fait un geste de la tête pour dire « *oui* ». Il a même fait au ministre un vrai sourire. Cela vaut tous les rapports médicaux ! Je me souviendrai toujours de cette image : le ministre penché à vingt centimètres de son visage, lui caressant la joue, et Robin écoutant tout ce qu'on lui dit.

Chose étrange, le chef de service, ce jour-là, ne peut pas être présent : il s'est fait une entorse, le pauvre ! Ce n'est vraiment pas de chance, juste le jour de la visite du ministre. Pourtant, je l'ai revu dès le lendemain, il ne m'a pas semblé qu'il boitait.

C'est le premier jour en deux ans, et le dernier, où la directrice nous aura adressé la parole.

Avant de partir, le ministre lance quelques piques, quelques remontrances, à l'équipe de direction du centre : « *Vous avez eu le budget pour les baignoires thérapeutiques, où sont-elles ?* » Il prête à peine l'oreille aux médecins qui tentent de se défendre. Il nous prend à part : « *J'ai très bien compris ce qui se passe ici. J'ai vu la vie dans les yeux de Robin, et cela me conforte dans mon choix de l'aider. Si je n'avais pas cru dans ses possibilités d'évoluer, je vous l'aurais dit franchement. Ne vous inquiétez pas, on va s'en occuper.* » Quel soulagement pour nous d'entendre ces propos !

Il salue les infirmières – nous avons tenu à lui dire que Robin est entouré par des infirmières très compétentes – et quelques malades en partant.

Il n'a pas dit au revoir à la directrice.

Nous avons savouré intensément ce moment. C'était, sans méchanceté aucune, notre vengeance. Le ministre a tenu à donner un visage à un dossier, parmi tous ceux qui encombrent son bureau et qui font son quotidien. Pour nous, sa venue équivaut à dire aux médecins : « *Faites attention à ce que vous faites avec cet enfant-là, il est sous ma protection. Le ministre veille sur lui.* »

Le premier effet de la venue de Xavier Bertrand, c'est que nous avons obtenu pour Robin une consultation avec un des tout meilleurs neurologues de France : Jacques Touchon, directeur de l'Unité de neurologie comportementale et dégénérative au CHU de Montpellier, directeur de l'UFR médecine de l'Université Montpellier I, spécialiste de la maladie d'Alzheimer, qui a publié de nombreux ouvrages sur le sujet. Au début de juin 2011, nous partons donc en hélicoptère, Robin et moi, pour l'hôpital Gui-de-Chauliac de Montpellier. Il nous a, une nouvelle fois, fallu nous battre pour obtenir ce trajet : dès que le déplacement de Robin à Montpellier est décidé, je demande si je peux l'accompagner. Je suis toujours là avec lui, à ses côtés, pour le rassurer, éviter qu'il ait peur. Je demande donc au chef de service de Valmante qu'il transmette ma requête au SAMU ; le lendemain, il me répond que ce n'est pas possible, qu'il ne reste plus de place disponible dans l'hélicoptère. Mais Annick, mue par une intuition, n'a pas confiance dans sa réponse et décide d'appeler elle-même le SAMU ; au téléphone, une femme lui répond que je peux accompagner Robin, que cela ne pose aucune difficulté, et que de toutes façons ce n'est pas le nombre de passagers qui compte, mais leur poids total… Consternée, Annick demande, pour en avoir le cœur net : « *Est-ce que quelqu'un de l'hôpital de Valmante vous en a fait la demande hier ?* » L'agent du SAMU répond, sûre d'elle : « *Ah non, c'était moi qui étais de service hier, personne ne m'a appelée.* » Cela se passe de commentaires…

De cette consultation doit naître un enterrement : nous espérons qu'elle permettra d'enterrer le compte rendu médical qui a été réalisé juste après l'accident et qui, depuis, poursuit Robin. La noirceur du certificat fait désormais foi, avant tout examen. La consultation du professeur Touchon doit permettre de rétablir la vérité de son état : il n'est plus dans le coma, respire seul, sans machine, son cerveau a retrouvé certaines fonctionnalités, etc.

Nous passons quatre jours à Montpellier, pendant lesquels il est enfin démontré que Robin peut communiquer. Il subit une batterie d'examens neurologiques ; aux seize questions qu'on lui pose, il apporte quinze réponses exactes. Une neuropsychologue certifie que Robin comprend ce qu'on lui dit, qu'il a une réaction appropriée, notamment en serrant la main gauche pour dire « *oui* ».

Évidemment, le bilan neurologique confirme les dégâts qui ont été constatés dès le début, nous sommes désormais habitués à ces IRM à répétition qui donnent toujours le même résultat. Et nous nous désolons de répéter sans cesse qu'au-delà de l'aspect clinique, au-delà des images en noir et blanc, des clichés négatifs, il faut regarder le comportement de Robin : la manière dont il vit au quotidien, ses capacités qu'il développe, les progrès qu'il accomplit, ses yeux qui brillent, ses sourires, les gestes qu'il fait…

Pour le faire comprendre autour de nous, Annick utilise souvent l'image d'un vase cassé : vous avez dans vos mains un vase cassé. Vous aurez beau le photographier tous les six mois, tous les ans, il sera toujours cassé. Mais si vous prenez le bas du vase, si vous le remplissez d'eau, vous pouvez encore l'utiliser, même si vous ne pouvez y mettre que des fleurs plus petites. Vous pouvez toujours vous servir du vase, et il garde sa fonction.

Après cet intermède montpelliérain, nous rentrons à Valmante. La rencontre avec le professeur Touchon aura marqué une des premières étapes importantes. Annick et moi, nous nous sommes regardés tous les deux, en nous disant : « *Nous ne sommes pas fous ! Enfin, on nous croit.* »

Nous sommes rentrés de Montpellier gonflés à bloc, pleins d'allant, requinqués. Mais quelle déception quand nous recevons le compte rendu ! Tout ce que le professeur Touchon nous a dit, ses analyses encourageantes, son pronostic optimiste, ne figurent nulle part sur le papier que nous tenons dans nos mains !

En fait, nous avons été confrontés à Montpellier à une difficulté qui se présente sur notre route toutes les fois que nous rencontrons des médecins : ce qu'ils nous disent pendant l'entretien oral est plus positif que ce qu'ils écrivent dans leur compte rendu. Ils n'osent pas marquer noir sur blanc les conclusions positives dont ils nous font part verbalement, pour ne pas mettre en défaut leurs collègues qui ont précédemment travaillé avec Robin.

Cependant, nous avons appris à lire entre les lignes, et nous parvenons désormais à comprendre le langage complexe des spécialistes en neurologie, les termes médicaux… Si les médecins ne peuvent pas se permettre de contredire ouvertement les analyses d'un collègue, ils veulent quand même tirer certaines conclusions, préciser des analyses que nous décryptons comme des indices d'une amélioration future de la situation de Robin. Il conclut son examen par deux priorités : réparer la bouche de Robin et lui faire faire des séances de kinésithérapie. C'est exactement ce que nous répétons depuis des mois et des mois !

Dans le même temps, Xavier Bertrand et son chef de cabinet se mobilisent, avec nous, pour faire sortir Robin de Valmante, impérativement et le plus vite possible. Mais nous sommes confrontés à ce qui constitue un réel problème en France : le manque de centres de rééducation fonctionnelle, *a fortiori* pour des patients lourds comme Robin, qui nécessitent une vigilance 24 heures sur 24 et des soins spécifiques. Et il est encore plus difficile de trouver une place pour un enfant. En France, il n'existe aucune structure adaptée pour soigner les patients qui ont été touchés par la foudre. Pour noircir complètement le tableau, s'y ajoute enfin le manque de personnel spécialisé, de kinésithérapeutes…

Nous avons découvert par la suite qu'à chaque fois que le chef de cabinet adressait une demande d'accueil dans un centre, sans imposer sa volonté ni donner d'ordre impératif, l'hôpital de Valmante envoyait le dossier initial de Robin et y joignait une lettre expliquant que la rééducation ne servirait à rien, qu'il serait mieux à la maison, ou dans un mouroir, qu'il ne retrouverait jamais ses capacités… Il donnait par avance des préconisations à suivre, influençant fortement le directeur du centre qui était pressenti pour accueillir Robin. En fait, en procédant ainsi, le chef de service voulait tout simplement justifier l'absence de soins dont avait souffert Robin pendant trois ans.

Pendant toute cette période, de juin à octobre, les soins dispensés à Robin se sont dégradés à une vitesse folle : on ne le met plus debout, on ne le met plus assis non plus, et le seul moment de la journée où il n'est pas allongé, le seul moment où il est stimulé et où on le fait travailler, c'est l'après-midi, quand nous sommes présents avec lui. Les médecins de Valmante se désintéressent complètement de lui. Et en plus ils nous mentent ! Ce sont des infirmières qui nous l'ont appris : elles sont outrées, choquées d'entendre les ordres qui leur sont donnés. Robin n'a à ce moment-là que des soins de nursing : hygiène, surveillance… Le strict minimum, un point c'est tout. Quant à nous, les médecins nous mettent sous pression, ils sont toujours à nous demander, jusqu'à l'indécence : « *Quand est-ce que vous le reprenez à la maison ?* »

Suite au compte rendu encourageant du professeur Touchon, nous contactons le stomatologue le plus important de l'hôpital de la Timone, le chef du service de stomatologie. Il voit Robin, endormi, à trois reprises. Devant nous, il affirme qu'il est prêt à intervenir, mais qu'il a besoin d'examens plus poussés. Une fois ceux-ci effectués, il nous fait attendre. Nous patientons tout l'été. Nouveau rendez-vous en septembre, où il se dispute devant nous avec un de ses confrères, qui est ORL : le stomatologue affirme que Robin peut fermer la bouche et avaler sa salive, que le problème est donc neurologique, tandis que l'ORL réplique qu'une intervention chirurgicale est nécessaire. L'un dit blanc, l'autre dit noir. Et nous, nous assistons à ce débat impossible à trancher. Bref, le stomatologue nous a fait espérer une intervention, pour finalement ne rien faire. Il faut dire qu'une de ses collègues de la Timone était venue voir Robin à l'époque où il était hospitalisé à Hyères, et s'était écriée : « *Mais qu'est-ce que vous voulez que je fasse alors qu'il a eu quarante minutes d'arrêt cardiaque ?* » Mais comment peut-on survivre ne serait-ce qu'à trente minutes d'arrêt cardiaque ? N'importe quoi ! Il faut dire qu'elle avait été au préalable « intoxiquée » par un médecin de San-Salvadour, qui avait dû lui raconter un peu n'importe quoi sur Robin – mais cela n'empêche pas de garder du sens critique et quelques compétences médicales !

D'un côté, les centres pressentis refusent d'accueillir Robin ; de l'autre, le stomatologue ne veut engager aucune intervention... Nous commençons à être plus que lassés, à être écœurés par les médecins de la région marseillaise qui ne veulent rien faire pour notre fils ! Et nous disons à Robin : « *Ne perds pas patience, ne te décourage pas !* » Tandis qu'il continue à souffrir, rien n'avance, rien ne bouge. Nous avons vraiment peur qu'il ne se décourage. « *On t'interdit de baisser les bras. Nous, nous sommes forts, alors il faut que tu sois fort.* » Nous l'encourageons, nous tentons de le stimuler – surtout, ne pas le plaindre.

Nous nous sommes heurtés à plusieurs refus de la part de centres de rééducation. À chaque fois, le chef de cabinet du ministre de la Santé nous donne le nom d'un centre, le lieu, une date, et à chaque fois, patatras, un coup dans l'eau. Un jour, le chef de cabinet, énervé, excédé par l'attitude du corps médical, nous dit : « *On va y arriver, on va trouver un médecin à la hauteur pour s'occuper de Robin.* » Un point sur la situation de Robin est fait chaque semaine au ministère de la Santé, avec Xavier Bertrand et son chef de cabinet, qui porte aussi sur notre situation propre. Nous sentons qu'ils craignent que l'éloignement de Robin à plusieurs centaines de kilomètres de Vitrolles ne déclenche l'éclatement de notre famille, mais nous les rassurons : non, pas de risque, nous resterons structurés tous ensemble, la famille restera soudée, nous ne laisserons pas tomber Maxime et Morgane.

Pendant un long temps, le ministère a évoqué avec nous la possibilité d'envoyer Robin à Cerbère, dans les Pyrénées-Orientales. Nous avons commencé à réfléchir à une organisation sur place, nous avons de la famille à Argelès, nous mettons tout en place. Tout est prêt, mais au dernier moment tous nos espoirs s'écroulent : nous recevons une lettre de refus.

C'est à ce moment que le fait que le ministre et son chef de cabinet aient rencontré Robin, qu'ils aient constaté eux-mêmes le potentiel de progrès de Robin, qu'ils aient vu ses réactions, a pris toute son importance. Dire bonjour avec la main, faire un sourire, cela vaut tous les rapports médicaux ! Ils n'ont pas baissé les bras, heureusement pour Robin. Ce n'est pas rien de se mettre de notre côté, contre l'avis quasiment unanime de tous les médecins de la région de Marseille ! Mais quand ils ont vu Robin dans sa chambre à Valmante, ils se sont sentis confortés dans leur choix : ils ont donc raison de se battre pour lui ! Pour nous, c'est l'état de santé de Robin qui leur a donné la force et la détermination pour lui trouver le meilleur centre possible.

Ce qui va tout changer pour Robin, c'est la prise en mains de son avenir par le professeur Lantieri.

VIII

LE PROFESSEUR LANTIERI, NOTRE SAUVEUR

Un héros, c'est celui qui fait ce qu'il peut.
Les autres ne le font pas.
Romain Rolland

Au début de novembre, le ministre de la Santé décide de prendre contact directement avec le professeur Laurent Lantieri, chef de service en chirurgie plastique à l'hôpital Henri-Mondor de Créteil. Il lui explique le cas de Robin et, sans aucune hésitation, Lantieri lui répond aussitôt : « *Je dois bientôt me rendre à Marseille pour un congrès, je vais aller voir Robin à l'hôpital de Valmante. Je veux me rendre compte* de visu. »

Laurent Lantieri est un médecin à la renommée internationale, le meilleur spécialiste au monde de chirurgie plastique. Il est connu pour avoir effectué la première greffe totale du visage en France, en juin 2010. Il avait auparavant, en 2007, à l'hôpital Henri-

Mondor, réalisé la greffe de la partie basse du visage (nez, bouche, menton, joues) d'un patient atteint de la maladie de Von Recklinghausen – c'est une maladie qui déforme gravement le visage. Deux ans après, il a effectué la première greffe du visage et des deux mains sur un même patient très grièvement brûlé, et a réalisé ce jour-là la première greffe des paupières au monde ; suite à une infection, le patient est décédé un mois plus tard d'un arrêt cardiaque.

Le jour dit, en novembre 2011, nous allons à Marseille rejoindre le chirurgien à son congrès. Tout grand professeur qu'il est, c'est un homme d'une grande simplicité. Il monte dans notre voiture sous une pluie battante et se laisse conduire par nous jusqu'à Valmante, en toute confiance. Arrivé dans la chambre de Robin, il l'ausculte longuement. Il tient à ce que cette consultation ait lieu en notre présence, c'est un comportement suffisamment rare chez les médecins pour devoir être souligné ; c'est une attention à laquelle nous avons été sensibles. Devant nous, Lantieri dit : « *Robin, je vais t'aider à fermer la bouche.* »

Nous allons ensuite tous les trois dans le bureau du chef de service, et là, chose extraordinaire, il nous reproche de ne pas l'avoir prévenu. Lantieri lui répond, très froid, très digne, parfait, qu'il a été mandaté par le ministre de la Santé pour venir ausculter Robin, que ses parents n'y sont pour rien, qu'il n'y a aucune raison de s'en prendre à eux… Point à la ligne.

Après ce préliminaire un peu tendu, les deux hommes en viennent au sujet médical et commencent à parler en termes scientifiques. Le médecin de Valmante n'a qu'un mot à la bouche : « *neurologique* ». Et de répéter que les spécialistes de Marseille considèrent que le problème de Robin n'est pas mécanique, que la rééducation ne sert à rien, etc., etc. À force d'entendre ce blabla sans fondement médical, Lantieri s'énerve un peu : « *Attendez, neurologique peut-être, mais moi je viens de l'ausculter et si Robin ne peut pas fermer la bouche, c'est parce que c'est mécanique : la position de sa bouche fait qu'il ne peut pas la fermer, ni déglutir. Je ne sais pas si Robin pourra récupérer une déglutition, mais ce dont je suis sûr, c'est que si on ne fait rien, il ne récupérera rien.* » Là, le médecin de Valmante n'a eu qu'à se taire. *Motus.*

Avant son départ, nous prenons un café avec le professeur. C'est l'occasion pour nous d'échanger nos impressions, nos doutes, nos inquiétudes. En cinq ans, Lantieri est le premier médecin qui s'intéresse vraiment à Robin, alors que tous les autres spécialistes que nous avons pu rencontrer avant lui nous prenaient pour des fous !

C'est très impressionnant de voir l'un des meilleurs chirurgiens au monde se déplacer jusqu'à la clinique Valmante pour examiner Robin, nous parler, très simplement, nous expliquer qu'il est d'accord pour l'opérer, qu'il y a de l'espoir pour notre fils…

En particulier, j'ai été très touché par l'inquiétude qu'il a manifestée pour Morgane et Maxime.

Il s'est montré très soucieux de leur situation, de la manière dont ils vivent ces événements.

Laurent Lantieri reste pour nous un homme impénétrable, indéfinissable. C'est un peu un mystère.

Le chirurgien est rentré à Paris, emportant avec lui dans sa sacoche les conclusions de son examen de Robin – et tous nos espoirs. À partir de là, commence pour nous une longue attente.

Le ministère poursuit et intensifie ses efforts pour trouver un lieu d'accueil pour Robin. Il souhaite le faire venir à Paris, près de Lantieri : il faut donc trouver un centre de la région parisienne qui accepte de le recevoir. Cela relève du parcours du combattant ! Lantieri est lui-même en train de changer d'hôpital : il quitte Henri-Mondor pour Georges-Pompidou, et tout cela n'est pas simple.

Mais ce n'est pas le principal obstacle : à chaque tentative d'approche d'un centre, notre demande est vouée à l'échec du fait des préconisations négatives du chef de service de Valmante ! Quand le cabinet du ministre s'en rend compte, la décision est prise de passer outre et de recourir à une personne de confiance à l'Agence régionale de santé (ARS), chargée de gérer la situation de Robin par-dessus Valmante. Le chef de cabinet vient en personne à Marseille chercher le dossier médical de Robin, le ramène lui-même à Paris pour le transmettre au professeur Lantieri. Et nous, nous avons la consigne de nous taire – c'est notre intérêt. Avec le temps, nous avons appris à tenir notre langue…

Peu de temps après, le chef de service se trouve en quelque sorte rétrogradé : il a été écarté de Robin et de l'unité d'éveil pour être envoyé à l'hôpital de jour. Il faut dire que nous n'étions pas les seuls à avoir quelques griefs contre lui…

Le temps passe, et pour Robin rien ne se passe.

C'est déjà la fin de l'année 2011.

Le 24 décembre au soir, alors que tout le monde en France prépare le réveillon et se réjouit de ce moment de fête, nous sommes à Valmante, avec Robin, seul dans sa chambre. Annick est en train de parler avec le patient de la chambre à côté, qui est seul pour ce soir de Noël. Mon téléphone sonne : c'est le chef de cabinet de Xavier Bertrand, Matthieu Gressier. « *M. Richard, je vais vous annoncer une bonne nouvelle. C'est votre cadeau de Noël.* » Il m'annonce que dans une dizaine de jours, la première semaine de janvier, Robin va entrer à l'hôpital de pédiatrie et de rééducation de Bullion, dans les Yvelines. C'est une première étape. Dans un second temps, au bout d'une quinzaine de jours, il sera transféré à l'hôpital Georges-Pompidou pour y être opéré par le professeur Lantieri. Enfin, dans un troisième temps, il bénéficiera d'une rééducation, pour sa bouche et l'ensemble de son corps, à l'Institut national des Invalides, à Paris.

C'est effectivement un beau cadeau de Noël, sans doute le plus beau que j'aie jamais reçu ! Depuis le temps que nous attendions cette nouvelle… Ce soir-là, nous nous sommes mis à pleurer, de joie et de soulagement, et nous ont même rejoints dans nos pleurs plusieurs infirmières et aides-soignantes de Valmante.

La bonne nouvelle ne réussit pas à chasser notre inquiétude : et si ça ne marchait pas, encore une fois ? Nous nous sommes heurtés auparavant à tant de refus ! Nous sommes terriblement angoissés : tout ministre qu'il est, c'est encore la caste des médecins, cet ordre tout-puissant, qui fait la pluie et le beau temps. Les médecins parviennent à tourner une situation comme ils veulent, même quand ils reçoivent des ordres venant de très haut.

Notre angoisse durera encore plusieurs jours. Une semaine passe. La nouvelle année commence ; nous n'avons encore aucune information précise, rien de rassurant. Encore une autre semaine. Nous attendons fébrilement la date définitive du départ de Robin, qui n'arrive pas. Chaque jour qui passe nous rend encore plus inquiet. Quand on attend une nouvelle, dans l'impatience et l'angoisse, le temps semble passer encore plus lentement…

Finalement, le 8 janvier, vient la délivrance : un coup de téléphone du ministère nous apprend que Robin va partir deux jours après, le 10 janvier. Panique à bord ! C'est aussitôt le branle-bas de combat : il faut tout organiser précipitamment, le travail, la maison, les bagages… Nous sommes prêts – depuis le temps que nous attendions ! –, mais il nous reste tout de même à régler plusieurs détails d'organisation, qui sont en fait bien davantage que de simples détails : me trouver un travail à Paris, nous loger Annick et moi à proximité de Robin, organiser la vie de Maxime et Morgane à la maison, à Vitrolles… Le logement est vite trouvé : nous allons habiter à Ivry, chez ma grand-mère, qui est encore bien vaillante, malgré ses quatre-vingt-quinze ans, et est toute contente de nous accueillir. Nous allons mettre de l'animation dans sa maison !

Heureusement, pour toutes ces démarches, qui tiennent parfois du casse-tête administratif, nous ne sommes pas seuls ; le chef de cabinet du ministre, avec qui nous sommes en contact plusieurs fois par semaine, nous transmet toutes les informations nécessaires. Il fait en sorte que nous soyons au courant de tout ce qui va se passer pour Robin et prend soin de tout : les transports, le travail, la vie quotidienne. C'est ainsi que l'intervention du patron de La Poste, Jean-Paul Bailly, sollicité par ma direction marseillaise, et de Madame Aubergier, directrice de La Poste de Vitrolles, m'a permis d'obtenir une mutation à Ivry-sur-Seine, pour la durée du traitement de Robin. J'y ai été accueilli chaleureusement par le directeur, M. Churrin, et son équipe.

Se trouve ainsi réglée une question essentielle, celle du métier, c'est-à-dire de notre moyen de subsistance. Nous n'avons plus qu'une seule paye pour faire vivre toute la famille. Annick, par force, ne travaille plus. Avant l'accident de Robin, elle était assistante de direction dans le groupe Casino. Après le drame, écrasée par la douleur et minée en permanence par l'inquiétude que chaque jour soit le dernier pour Robin, elle n'a eu d'autre choix que celui d'arrêter de travailler. Elle a alors pris un congé d'accompagnement d'enfant malade. Ce « congé de présence parentale » lui a valu de bénéficier d'une modeste allocation de présence parentale, versée par la Caisse d'allocations familiales, dont le montant mensuel ne dépasse guère neuf cents euros ! Or ce congé de présence parentale a une durée maximale de trois cent dix jours, soit quatorze mois. Au bout d'un peu plus d'un an, comme Robin n'était toujours pas sorti d'affaire, et pour cause, il nous a fallu trouver une autre solution. Annick a voulu prendre un congé-maladie et a envoyé une lettre en ce sens à la Sécurité sociale… qui lui a répondu dans une gentille lettre qu'elle n'y avait pas droit puisque, pendant les quatorze mois précédents, elle n'avait pas cotisé ! Ah l'administration française, atteignant là sa plus parfaite absurdité, comme une caricature des tourments kafkaïens en plein XXIe siècle ! La Sécu ne nous déçoit jamais…

Que faire ? Pour Annick, reprendre une activité professionnelle était hors de question, puisque cela aurait signifié ne plus voir Robin. Travailler à mi-temps, ce n'était pas possible à Casino. Elle se trouve donc en congé-maladie depuis 2008, mais sans indemnité, ni de la part de son employeur, ni de la part de la Sécurité sociale. Comme elle le dit elle-même : « *Je n'existe plus. Comme Robin, je ne fais plus partie de la société.* »

Quant à moi, je travaille en mi-temps thérapeutique, depuis que j'ai eu un infarctus, en février 2010. L'accident de Robin m'avait fait tomber en dépression et j'avais arrêté de travailler : j'étais alors en congé-maladie. Quand il a été transféré à San-Salvadour, c'était une période très éprouvante pour nous : parce qu'il n'était pas en sécurité, nous étions sans cesse inquiets pour lui. S'y ajoutait la fatigue physique : nous faisions le trajet en voiture chaque jour pour aller le voir à Hyères, soit près de deux cents kilomètres de route par jour.

Quand nous avons réussi à faire revenir Robin plus près de Vitrolles, à Valmante, j'ai voulu reprendre le travail le matin, ce qui me permettait d'aller voir Robin l'après-midi. J'ai donc demandé à La Poste d'être réintégré dans mes fonctions, c'est-à-dire de recommencer ma tournée de facteur. À peine cinq minutes après mon retour au centre de tri, le chef d'établissement est venu m'informer que ma tournée était supprimée ! Je ne lui en ai pas voulu, la direction du centre de tri n'avait pas prévu que je reprendrais le travail et cette restructuration de la distribution du courrier était prévue bien avant mon retour. J'ai continué à faire ma tournée pendant quelques jours mais, quand les habitants de Vitrolles que je connaissais ont appris que je perdais ma tournée, un mouvement unanime de protestation est né, comme une mobilisation générale : dans la ville, tout le monde connaissait l'histoire de Robin et tous ont voulu me soutenir. Il y a eu une pétition, recueillant plusieurs milliers de signatures, les habitants ont écrit, téléphoné à La Poste, il y a eu des articles dans la presse, notamment dans *La Provence*...

Ma direction ne pouvait rien faire d'autre que céder et m'a nommé remplaçant. J'effectuais des missions à droite et à gauche, avec des horaires dingues ! De 6 heures à 14 heures 30, je travaillais, puis à 15 heures nous partions avec Annick voir Robin jusqu'à 20 heures/20 heures 30. Comme il fallait s'y attendre, je n'ai pas tenu le coup : au bout de deux mois, ce fut l'infarctus. Si le mental tient parfois au-delà de ce qu'on pourrait imaginer, le cœur, lui, est un organe fragile. C'est le corps qui dit « *stop !* » À la tension nerveuse, au moral bas, s'était ajoutée la tension physique, la fatigue. Nous avions peur en permanence qu'il n'arrive quelque chose à Robin – car il est toujours en danger. Après cet infarctus, j'ai été placé en mi-temps thérapeutique.

Le 10 janvier, c'est donc la grande expédition pour Robin : le début de son aventure parisienne. Je pars en avion avec lui, depuis l'aéroport de Marignane, tandis qu'Annick monte à Paris en voiture avec ma mère, emmenant les affaires de Robin : son fauteuil, tout le matériel spécifique dont il a besoin, des coussins ergonomiques, des couvertures, ses peluches, ses vêtements, les outils dont nous nous servons pour l'aider, les vibreurs, etc., mais aussi mes propres affaires pour ma nouvelle vie à Paris, l'ordinateur, le lecteur de DVD... Robin a été porté dans l'avion à dos d'hommes, ce fut pour moi une grande émotion. Nous recevons aujourd'hui encore, sur le site de l'association, des messages des hôtesses et des stewards qui étaient avec nous dans l'avion ce jour-là. Arrivés à l'aéroport de Roissy, nous voilà en route, sirènes hurlantes, pour l'hôpital de Bullion, au sud-ouest de Paris.

À Bullion, nous sommes particulièrement bien accueillis, par la directrice Catherine Pillet et par les infirmières, qui installent Robin dans son nouveau lieu de vie, dans sa nouvelle chambre. Annick nous rejoint deux heures après.

Cette arrivée dans un lieu inconnu suscite une nouvelle angoisse pour nous : nous craignons toujours la réaction de Robin, contraint de s'adapter à un lieu, à un environnement qu'il ne connaît pas. Il a tellement souffert qu'il lui faut du temps pour donner sa confiance. C'est ainsi que, quand quelqu'un qu'il ne connaît pas entre dans sa chambre, il ferme les yeux immédiatement – c'est pour lui un moyen de protection : il se dit que si cet inconnu voit qu'il dort, il ne va pas s'approcher, il ne va pas le toucher.

L'hôpital de Bullion, qui est un établissement de soins de suite et de réadaptation pour enfants, se situe dans un très beau cadre, au cœur de la forêt de Rambouillet, en pleine nature. Il y a même des poneys… Nous sommes, pour la première fois depuis longtemps, rassurés de savoir que Robin est accueilli dans un centre compétent, dont la réputation est bien meilleure que celle de son établissement précédent à Marseille.

Le centre de Bullion accueille toutes les pathologies de l'enfance et de l'adolescence, avec plusieurs spécialités : la pneumologie, la nutrition et l'obésité, l'oncologie, l'orthopédie, les grands brûlés, et une unité spécifique pour les adolescents. À ses jeunes patients, près de cent quarante, de la naissance à dix-sept ans, il dispense des soins de suite, de rééducation diététique ou fonctionnelle et de réadaptation.

Robin y restera trois semaines. Plusieurs spécialistes doivent l'ausculter dans le cadre d'une plate-forme médicale, car de nombreux examens sont à faire. Il faut notamment vérifier si des troubles de la vue et de l'ouïe ne se sont pas déclarés. Après ces examens, il est prévu qu'il soit conduit à l'hôpital Georges-Pompidou pour être opéré par le professeur Lantieri, qui va reconstruire son visage.

C'est un grand changement pour Robin de se trouver dans un lieu rempli d'enfants, puisqu'à Valmante il était accueilli dans un centre de rééducation pour adultes et côtoyait beaucoup de personnes âgées. Il peut entendre des voix d'enfants, des rires, des cavalcades dans les couloirs…

Enfin, nous avons la conviction qu'on s'occupe bien de lui. Un simple exemple : il prend une douche tous les jours, alors qu'à Valmante il nous avait fallu nous battre pour obtenir deux douches par semaine ! Je me souviens que j'avais dû me mettre en colère ! J'avais dit à la cadre de Valmante – c'était elle qui décidait le nombre de douches auxquelles les patients avaient droit – : « *Et vous, vous ne vous lavez pas tous les jours, peut-être ?* » J'avais même écrit une lettre à l'UGECAM, l'organisme gestionnaire des établissements sanitaires et médico-sociaux des caisses d'assurance maladie, qui gère le centre de Valmante, pour exiger que Robin puisse bénéficier de deux douches par semaine, en demandant sur un ton faussement ironique si c'était là la nouvelle manière que l'administration sanitaire avait inventée pour lutter contre les maladies nosocomiales…

Bien qu'il ne fût pas prévu que Robin reste à Bullion pour une longue durée, les équipes médicales de l'hôpital ont réalisé un excellent travail. Ils ont voulu faire tout leur possible, ils l'ont mis debout, ils l'ont fait bénéficier de séances de rééducation et de kinésithérapie… Des éducateurs l'ont notamment fait travailler dans des salles d'éveil aux sens, des « salles multisensorielles », qui proposent dans une ambiance rassurante une palette de stimulations sensorielles : de la musique, de la lumière, des odeurs, des bruits d'animaux, poules ou vaches, des cris, des bruits d'avions, mais aussi des bulles… L'objectif est de stimuler les cinq sens grâce à un environnement adapté, de multiplier les expériences sensorielles, afin d'inciter le cerveau à capter des bruits, des formes, des lumières, des odeurs : c'est une stimulation cognitive. La stimulation des sens primaires doit permettre aux patients d'éprouver leur propre expérience sensorielle.

C'est la première fois que Robin bénéficie d'un tel équipement. Il existe bien une salle d'activité multisensorielle à San-Salvadour, elle est même toute neuve, mais notre fils n'y a jamais eu droit…

Nous sommes donc rassurés de constater que, cette fois, Robin est entre de bonnes mains. C'est sûr, on s'occupe bien de lui.

Mais, comme toujours, un événement inattendu surgit : Robin contracte une pneumopathie. À nouveau, une grande angoisse nous saisit ; il est très mal et doit être transféré en urgence à l'hôpital Georges-Pompidou. J'interprète cette maladie brutale comme un signe : le signe que Robin veut quitter l'hôpital de Bullion et accélérer son arrivée à l'hôpital Georges-Pompidou, dans l'établissement où exerce le professeur Lantieri et où son opération doit avoir lieu. Robin y reste quelques jours, moins d'une semaine, dans le service de réanimation médicale ; la fièvre retombe, sans traitement, et son état de santé redevient plus ou moins satisfaisant. Il rentre à Bullion. Il est alors prévu que l'opération de Robin soit retardée de deux mois : Lantieri est en train de déménager de l'hôpital Henri-Mondor, il lui manque du matériel.

Mais, nouvelle péripétie, quatre jours après, alors que nous arrivons à Bullion, nous voyons une ambulance du SAMU stationnée devant la chambre de Robin. Grande frayeur pour nous ! Nous avons, encore une fois, très peur. Robin a de nouveau contracté une pneumopathie – la précédente a en fait été mal soignée. Nous voyons des infirmières courir dans tous les sens, le personnel se presse dans les couloirs. Robin est sans réaction : à ce moment, nous croyons vraiment qu'il va retomber dans le coma. La suite est désormais bien connue : transport en urgence, retour à l'hôpital Georges-Pompidou. Les médecins envisagent un transport en hélicoptère, mais cela prendrait trop de temps, on recourt alors aux motards de la gendarmerie, avec sirènes et gyrophares. Robin retourne, en fanfare, à l'hôpital du quinzième arrondissement. Cette fois, il est installé dans le service de réanimation qui travaille avec le professeur Lantieri, la réanimation chirurgicale des professeurs Safran et Journois, trois étages en-dessous de son propre service. Encore un signe ? Sûrement. En tout cas, c'est ainsi que nous interprétons cette rechute.

Nous sommes très inquiets ; pendant quatre jours, nous ne voyons pas les yeux de Robin. Mais le professeur Lantieri et l'équipe médicale du service de réanimation se veulent rassurants : ils ne sont pas alarmés par la pneumopathie.

La maladie de Robin conduit à accélérer son opération : le délai de deux mois est réduit à quinze jours. Le jour de l'intervention est fixé ; ce sera le jeudi 8 mars. La date ne changera plus, désormais.

La règle veut qu'un patient, avant son arrivée dans un service, soit précédé par son dossier médical. Quand, plusieurs jours auparavant, les médecins se sont mis autour de la table pour décider s'ils acceptaient de prendre Robin, ils ont été inquiétés par ce qu'ils ont lu dans son dossier médical, mais le chef de service de la réanimation a fait le choix d'accueillir Robin. Une semaine après, une interne, Sophie, est venue nous voir, nous disant : « *Je vous demande pardon.* » À notre interrogation perplexe, elle a répondu : « *Parce que je me suis fiée à ce qui était écrit dans le dossier médical de Robin, sans attendre de le voir. Et j'ai eu peur qu'on le prenne dans le service.* » Il est vrai que, quand on voit Robin, on comprend tout de suite que son état, ses capacités, son potentiel, n'ont absolument rien à voir avec ce qui est écrit dans son dossier. Sophie, avec son intégrité et son humanité, sera un excellent médecin.

Il nous aura fallu attendre cinq ans avant de rencontrer des spécialistes qui aident vraiment Robin.

À l'hôpital Georges-Pompidou, c'est la première fois que nous avons l'impression d'être écoutés. Dans le service de réanimation, comme dans l'équipe de Lantieri, ne travaillent que des médecins extrêmement compétents : la crème des médecins, les meilleurs au monde dans leur domaine. Et qui restent, pourtant, des femmes et des hommes simples. Quand vous les croisez dans le couloir, ils viennent vous serrer la main – ils ne sont pas de ceux qui vous méprisent de toute la hauteur de leur savoir.

C'est la première fois que nous pouvons discuter avec les médecins, que nous rencontrons des spécialistes qui s'intéressent sincèrement à Robin. Ils nous posent de nombreuses questions à son sujet, pour mieux le comprendre : « *Vous qui êtes ses parents, vous qui le connaissez, comment est-il ? Comment communiquer avec lui ? Comment savoir qu'il souffre ou, au contraire, qu'il va bien ? Quelles sont ses habitudes ? Etc.* » Par la suite, ils ont pris le temps de constater ces données par eux-mêmes, de sentir la manière dont vit Robin dans cet état particulier qui est le sien.

C'est la première fois que Robin se trouve dans un service dont le rôle, la mission, est de faire du soin aigu post-opératoire.

En particulier, nous avons rencontré un kinésithérapeute formidable, avec lequel nous avons pu discuter de manière sincère, sérieuse et constructive, qui considère lui aussi que Robin a besoin de séances de rééducation, qui croit qu'une amélioration de son état est possible et qui entend faire en sorte que notre fils sorte de l'hôpital en ayant progressé.

Auparavant, nous avions prévenu Robin : « *Il va falloir que tu montres de quoi tu es capable. Nous y sommes, depuis le temps qu'on te promet que des médecins vont s'occuper de toi, ça y est ! Enfin, les meilleurs spécialistes vont te soigner. À toi de faire confiance et d'être fort.* » Et c'est ce qu'il a fait, il a été fort. Les médecins, les kinésithérapeutes et les infirmières ont constaté qu'il comprend ce qu'on lui dit et que, avec le peu de moyens qu'il a à sa disposition, du fait du manque de rééducation, il parvient tout de même à se faire comprendre.

Les kinésithérapeutes de l'hôpital Georges-Pompidou ont été extrêmement choqués quand ils ont découvert l'état de son corps, quand ils ont constaté que plusieurs équipes médicales successives l'avaient laissé se dégrader à ce point. La liste de ces dégradations n'est pas gaie… Quand on lui demande de bouger les doigts, d'ouvrir la main, on constate qu'il s'est produit une telle rétractation – à cause de l'attelle fixe et du manque de travail de rééducation – que les articulations de ses phalanges sont sorties de leur emplacement. Robin a également les épaules subluxées, car les tendons et les muscles les sortent de leur emplacement ; la colonne vertébrale et le bassin fortement déviés, du fait qu'il restait couché dans son lit pendant 22 heures sur 24. Surtout, il y a la bouche, restée bloquée depuis cinq ans : « *Mais comment a-t-on pu le laisser ainsi aussi longtemps ?* », se sont indignés les médecins de l'hôpital Pompidou. Pourtant, ce n'est pas faute de l'avoir dit, mais notre parole n'a jamais été prise en compte. Tant de temps perdu pour Robin… Tant de mois, tant d'années passés à crier dans le désert…

À l'hôpital Pompidou, pas une seule fois nous n'avons entendu cette fameuse phrase, qui nous était devenue insupportable : « *C'est neurologique.* » Non, quand Robin souffrait et pleurait, à San-Salvadour, ce n'était pas « *neurologique* » : il avait vingt-cinq calculs rénaux ! Non, quand Robin avait le pouls à deux cent cinquante, à San-Salvadour, ce n'était pas « *neurologique* » : il avait le bras cassé ! Annick a les cheveux qui se dressent sur la tête dès qu'elle entend ce mot.

Le 8 mars, c'est notre *D-Day*, le *D-Day* de Robin.

Encore en mars, comme s'il fallait conjurer le mauvais sort ! Et 8, c'est le chiffre porte-bonheur de Morgane. Et, comme dit Annick, « *jeudi, c'est un beau jour* ».

Cette opération est une promesse d'amélioration pour Robin, mais c'est aussi une grande angoisse pour nous. Il faut la tenter, évidemment, mais nous ne savons pas du tout comment Robin la supportera, et nous sommes inquiets. Mais Robin a senti qu'il pouvait faire confiance au docteur, et tout s'est bien passé.

Pour que le lecteur puisse comprendre le prodige que le professeur Lantieri a réalisé, il va falloir que j'utilise quelques termes techniques. Afin de préserver les âmes sensibles, j'éviterai les détails.

Après le choc de fulguration, les muscles de la mâchoire de Robin se sont rétractés, ce qui a entraîné une ouverture de la bouche et un retrait de la mandibule en arrière. C'est pourquoi il ne peut pas fermer la bouche de manière mécanique, ni mordre, ni même bouger la bouche – auquel cas les mâchoires se retrouvent molaire contre molaire. Et ce n'est pas tout : ce blocage de la bouche en position ouverte provoque chez Robin des douleurs cervicales et lombaires, des maux de tête, des acouphènes, un blocage de la langue à cause des étirements provoqués par le retrait en arrière de la mandibule, une déformation majeure du palais, le déplacement de la totalité de ses dents, qui ont poussé de manière anarchique, enfin le blocage complet de tous les muscles du visage (il ne peut bouger les lèvres), et encore l'obligation d'une trachéotomie. Il respire sa salive en permanence. J'y ajoute également la frustration de ne pas pouvoir s'entendre, puisque Robin, par force, est devenu complètement muet.

Lantieri a décidé de pratiquer une intervention chirurgicale lourde : une ostéotomie de la face. Cela consiste à pratiquer l'ablation d'une partie du maxillaire supérieur, de l'oreille droite à l'oreille gauche, sous le nez, à retirer environ un centimètre d'os et à recoller la mâchoire au crâne. L'opération permet de laisser de la place à la mâchoire pour qu'elle puisse bouger, et de refermer la mâchoire.

Cette intervention a duré deux heures et demie.

Après l'intervention, Robin s'est réveillé en ayant retrouvé partiellement la capacité de fermer la bouche. Il s'est remis rapidement et, au bout de trois jours seulement, les bleus ont disparu. On ne voit aucune cicatrice, aucune trace – on dirait qu'il n'y a pas eu d'opération, mais maintenant Robin ferme presque la bouche. Nous retrouvons enfin le vrai visage de notre fils. Le professeur Lantieri est vraiment un grand bonhomme.

L'opération *stricto sensu* n'est que le premier volet d'un triptyque associant orthodontie, rééducation et kinésithérapie maxillo-faciale. La deuxième étape sera un travail d'orthodontie, qui va permettre de repositionner les dents avec un appareillage, de manière à recaler les dents à l'endroit où elles devraient être, en écartant légèrement le palais (l'ostéotomie a ouvert le palais en deux dans le sens de la longueur). Enfin, la troisième étape consistera en une kinésithérapie maxillo-faciale, pour restimuler l'ensemble des muscles masticatoires et remuscler la bouche. Cette restimulation des muscles du visage doit permettre à Robin, une fois que la trachéotomie aura été retirée, de réapprendre à parler et à manger. Une autre intervention peut être envisagée si l'orthodontie ne suffit pas, si elle n'est pas assez efficace.

Au-delà de l'opération, le professeur Lantieri s'occupe de la coordination des soins dispensés à Robin, il supervise tout et vient le voir tous les jours. C'est un grand soulagement pour nous de savoir que Robin est entre de bonnes mains.

Quand je dis que le professeur Lantieri est un homme formidable, je ne parle pas que du chirurgien. Sur le strict plan humain, personnel, c'est un homme qui a un grand cœur. Ainsi, une fois que Robin a été installé à Paris, il a manifesté beaucoup de sollicitude pour Morgane et Maxime, demandant souvent comment s'organise la famille maintenant que nous vivons quasiment en permanence loin de Vitrolles, comment les deux adolescents réagissent… Il a fait en sorte de fixer la date de l'opération de Robin après Noël, pour que nous puissions passer les fêtes en famille.

Une anecdote révèle la bonté d'âme de Lantieri.

J'avais proposé à Xavier Bertrand d'utiliser la bouche de Maxime comme modèle pour préparer l'intervention sur son frère jumeau. Le professeur Lantieri s'est effectivement servi des imageries pour réaliser des comparatifs, même s'il n'en a eu qu'une utilité secondaire. Or Maxime a été très heureux de pouvoir rendre ce service à Robin : enfin, il pouvait être utile pour son frère, l'aider de manière concrète.

On imagine comment c'est important pour deux frères jumeaux, unis l'un à l'autre par un attachement mutuel et par une immense affection. Le professeur Lantieri l'a bien compris, avec une finesse de jugement étonnante, et a veillé à valoriser Maxime, en particulier à un moment très précis. Quelques jours avant l'opération, pendant les vacances scolaires de février 2012, Maxime est venu à Paris voir son frère. Après que le professeur a examiné Robin, Annick est allée chercher Maxime, qui attendait dans la salle d'attente, pour le lui présenter. Alors que Maxime était très impressionné par la prestance du professeur dans la petite chambre d'hôpital, Lantieri a mis ses gants et a commencé à ausculter soigneusement Maxime, examinant son visage de très près, lui mettant les doigts dans la bouche, tout en disant : « *Ah, très intéressant pour Robin...* » Et Maxime, très fier, se laissait faire. « *Ah, superbe dentition !* » Maxime a quitté la chambre fier comme un pape !

C'est une gentillesse que le professeur a faite à Maxime, dont seuls les grands hommes sont capables.

IX
Faux départ vers les Invalides, vrai retour à l'hôpital Pompidou

La vie est un combat, accepte-le.
Mère Teresa

Il était prévu que Robin soit transféré le 19 mars à l'Institut national des Invalides. Mais, le matin même, il a présenté les symptômes d'une pneumopathie. Encore un nouveau contretemps, auquel nous sommes désormais habitués. Et encore un signe ! Robin a passé de nouveaux examens d'ORL, qui ont montré que ses cordes vocales n'ont pas été touchées lors de l'accident, qu'elles vibrent de manière satisfaisante et que l'ensemble des muscles de l'appareil vocal fonctionne. C'est-à-dire que tout n'est qu'une question de rééducation. Ces examens ont également montré que la canule qui lui a été posée est trop petite ; sans ces examens, personne ne s'en serait rendu compte.

Les médecins vont injecter à Robin du botox

dans les glandes salivaires. Il est en effet contrarié par la salive qui pénètre dans ses poumons et doit consacrer une bonne partie de son énergie à cracher pour dégager ses voies respiratoires. Dès lors, il ne pourra pas bénéficier d'une rééducation satisfaisante. Si le botox agit bien et diminue l'hypersalivation de Robin, il sera possible de dégonfler le ballonnet à certains moments de la journée, de sorte que l'air pourra passer dans les voies aériennes supérieures, et les cordes vocales pourront fonctionner.

L'Institution nationale des Invalides n'est pas un centre de rééducation comme les autres : c'est un lieu de mémoire. C'est aussi le symbole de l'attachement du pays au devoir de réparation envers les anciens combattants. Ainsi, cet établissement qu'on appelle aussi la « maison des Invalides », est un établissement de pointe spécialisé dans la prise en charge des blessés de guerre et des personnes lourdement handicapées, placé sous la tutelle du ministère de la Défense et des Anciens combattants. Si l'INI est au service du monde combattant, elle est aussi ouverte au service public hospitalier, c'est pourquoi Robin a pu y être accepté.

Une fois la pneumopathie soignée, Robin peut enfin changer d'établissement. Mais son installation à l'INI constitue une déconvenue supplémentaire pour nous.

Si le départ de Robin de l'hôpital Pompidou se

passe très bien, en revanche, l'arrivée aux Invalides est très difficile. La direction de l'INI me questionne sur la situation de Robin, me demande tellement de détails que j'en arrive à me demander si son dossier a effectivement été transmis. Encore une bizarrerie ! Ce ne sera pas la dernière…

D'entrée, le directeur nous dit : « *Je prends Robin pour six mois, pour la durée du traitement de sa bouche.* » Pourtant, nous ne savons même pas combien de temps va durer ce traitement ! Et, pire, le directeur ajoute à la fin de notre brève conversation : « *Prévoyez dans plusieurs mois de le reprendre chez vous.* » Ah non !

Mais le pire est à venir. Les premiers mots du médecin de l'INI sont : « *Vous savez bien que Robin ne marchera jamais.* » Ah non, pas encore ces mots-là ! Il poursuit : « *En revanche, si son état s'améliore…* » C'est comme un contrat qu'il souhaite passer, un contrat indécent et indigne.

Nous ne sommes pas au bout de nos (mauvaises) surprises : les locaux sont exigus, anciens, vétustes, avec de petits couloirs… Robin est logé dans une petite chambre, d'à peine deux mètres carrés. C'est à croire que l'établissement et les chambres des patients datent de Louis XIV ; les médecins de l'époque de Louis XIV n'avaient pas l'habitude de soigner des gens sortant du coma…

À peine sommes-nous arrivés que je constate que l'INI ne possède pas de saturomètre, alors que c'est pour Robin le fil qui le retient à la vie, son seul lien avec la survie. Je suis paniqué, comment faire ? Robin est tout seul dans le couloir… J'appelle le cabinet du ministre.

C'est tout de même extraordinaire qu'un établissement de soins, connu, réputé, à deux pas de l'Assemblée nationale et des ministères, géré par le ministère de la Défense, dont on connaît la qualité du service de soins des armées, ne possède même pas un saturomètre, un appareil aussi banal et aussi simple, aussi peu coûteux et qu'on trouve dans tous les hôpitaux de France.

Me voilà à devoir me mettre en quatre pour trouver un saturomètre ! Je passe toute l'après-midi à en chercher un dans les locaux de l'INI ; nous en trouvons finalement un… qui fonctionne mal ! Il marche une fois sur trois, et ne sonne pratiquement pas : on entend davantage la télévision de la chambre voisine que le saturomètre. Si Robin a un souci, l'infirmier dans une autre chambre, à cinquante mètres de là n'entendra rien, et le voilà mort en trois minutes.

Le chef de service, évidemment embêté – on le serait à moins –, tente de se défendre : « *Ici, on n'est pas dans un service de réanimation, on est dans un service de rééducation.* » Et alors ? Cela justifie de laisser notre fils crever ? Je lui demande ce qui va se passer si Robin a un bouchon. Il me répond : « *Eh bien, il va devenir tout bleu !* » Quelle réponse ! Et moi : « *Et après ?* » Le chef de service ne répond pas, il fait la tête et tourne les talons. Je ne l'ai pas revu de l'après-midi.

Si je n'avais pas autant insisté, ils auraient laissé Robin sans saturomètre ; c'est quand même une attitude étonnante pour un médecin.

Le chef de cabinet du ministre s'est déplacé et est venu en personne à l'INI, même le professeur Lantieri s'est déplacé, ainsi que le directeur de l'INI. Finalement, la seule solution que nous avons trouvée, c'est un aller-retour à Ivry : je suis allé chez moi chercher mon propre saturomètre et le ramener à l'INI. Encore une fois, nous avons dû nous débrouiller par nous-mêmes, avec nos propres moyens, puisque décidément les institutions, les hôpitaux, sont défaillants.

Au XXIe siècle, dans un pays qui se glorifie d'avoir l'un des meilleurs systèmes de santé au monde, les meilleurs hôpitaux des pays occidentaux, on s'embête une après-midi entière pour un simple saturomètre !

La première journée à l'INI ne s'est pas déroulée comme nous l'espérions. Demain est un autre jour, me dis-je le soir, en rentrant à Ivry.

Deux jours après, à 3 heures 30 du matin, l'INI nous appelle pour nous prévenir que Robin respire très mal et qu'il va de nouveau être transféré à l'hôpital Georges-Pompidou ! Quand il quitte l'INI, il ne respire pratiquement plus ; une fois encore, il est passé sur le fil du rasoir…

Robin est très stable depuis quatre ans, et nous supposons qu'il a vomi, du fait d'un des médicaments qu'il prend, et que ce reflux est passé dans les poumons. L'un des médicaments doit avoir sur lui des effets secondaires importants, qui perturbent son équilibre biologique. Comme le dit le professeur Lantieri : « *C'est Robin !* »

À l'hôpital Pompidou, Robin est accueilli, cette fois, dans le service de réanimation médicale. Il se trouve pris en charge par une équipe qui ne le connaît pas : le service de réanimation chirurgicale et celui de réanimation médicale sont situés à moins de dix mètres l'un de l'autre, pourtant ils ne se parlent pas et ne s'échangent pas les dossiers médicaux. Robin semble être un étranger.

Pendant deux jours, notre fils va très mal : une température de 40 °C, le pouls à cent soixante-dix, un nombre élevé de globules blancs. Et les médecins nous disent : « *c'est neurologique* », « *c'est un problème du système nerveux central* »...

Nous avons l'impression de revenir plusieurs années en arrière : on nous reparle du « *neurologique* », on nous reparle des quarante minutes d'arrêt cardiaque, c'est-à-dire qu'on en revient au bulletin médical initial, focalisé sur une anoxie cérébrale qui n'est qu'une suspicion ! La vérité est que Robin a eu seulement quatre minutes d'arrêt cardiaque. Les médecins de l'hôpital Pompidou imposent également à Robin un respirateur (une ventilation assistée complète), alors que cela fait presque cinq ans qu'il respire seul, sans machine.

C'est nous qui avons demandé un scanner abdominal, qui n'a rien donné. Qu'est-ce que j'aurais donné pour que les médecins trouvent quelque chose ! Mais comme ils n'ont rien décelé, nous avons eu droit à : « *C'est neurologique* ».

Non, cela n'a rien de neurologique. Pourquoi un dérèglement du système nerveux n'aurait-il d'effet que sur les poumons ? C'est illogique. Un jeune interne, au physique de premier de la classe, impeccablement coiffé, nous soutient que Robin prend depuis plusieurs mois, depuis plusieurs années même, du Lovenox, un fluidifiant pour le sang qui permet d'éviter les phlébites : c'est faux, il n'en a jamais pris. Dès lors, nous, les parents, passons pour des ignares face aux médecins qui savent tout et connaissent tout.

Le premier soir du retour de Robin à l'hôpital Georges-Pompidou, après une journée passée à parler aux médecins sans pouvoir nous faire entendre, une journée passée à tenter de les convaincre sans succès, j'ai failli appeler notre avocat maître Collard, par désespoir et par rage. L'installation de Robin à Paris, tant attendue et espérée, nous l'avions imaginée comme un soulagement : notre fils allait être pris en charge par une équipe médicale de haut niveau, on allait s'occuper de lui. Nous allions pouvoir souffler, enfin. Eh bien non ! Nous réussissons à faire venir Robin à Paris pour qu'il suive un programme efficace de rééducation, et nous voilà à devoir nous battre pour qu'il ait un saturomètre et pour qu'on lui enlève le respirateur artificiel !

Au total, Robin est resté à l'INI en tout et pour tout… deux jours !

Après de nouvelles péripéties et une nouvelle mobilisation, une pétition, des démarches répétées auprès du cabinet de la nouvelle ministre de la Santé, nous avons enfin obtenu que, le 19 juin, Robin soit transféré à l'hôpital Raymond-Poincaré de Garches. Il doit y recevoir des soins de rééducation, tant pour sa bouche que pour l'ensemble de son corps.

Une page se tourne, une autre s'ouvre…

X
Des coïncidences troublantes

Le hasard, c'est Dieu qui passe incognito.
Einstein

Au terme de ce récit, ce qui est arrivé à Robin doit sûrement sembler au lecteur être une histoire hors du commun. C'est, au sens propre, extraordinaire.

Ce garçon, notre garçon a survécu à un événement incroyable, un de ces événements qui n'arrivent qu'une fois par siècle et qu'on garde en mémoire comme des phénomènes de la nature, inexpliqués et inexplicables.

Ce 29 mars 2007, il a été transpercé par un éclair, comme une ouverture dans le ciel, qui a frappé au sol en faisant entendre une explosion assourdissante.

Je ne crois pas en Dieu, et je n'interprète pas cet événement en termes de croyance ou de phénomène divin. Mais je ne peux m'empêcher d'y voir un rapport avec la puissance céleste, avec ce qu'il y a de plus puissant sur Terre.

À force d'y penser et d'y repenser sans cesse, à force de réfléchir à tout ce qui arrive à Robin, nous observons autour de lui la récurrence de coïncidences étranges et troublantes. Il est fascinant de constater comment se produisent dans nos vies des coïncidences invraisemblables, des rencontres porteuses de sens et de transformations. Je suis convaincu que les coïncidences ont un sens. De grands esprits, bien plus compétents que moi, ont établi des faits troublants et montré qu'on peut donner un sens aux coïncidences frappantes dont le monde fourmille. En particulier, Carl Gustav Jung a défini la synchronicité comme une coïncidence temporelle de deux ou plusieurs événements sans lien causal entre eux, mais présentant un lien, au-delà d'une apparence d'absence de logique.

C'est ainsi qu'à la lumière du foudroiement, toute la vie passée de notre fils a pris un sens nouveau. C'est comme si tout ce qu'il avait vécu avant quatorze ans annonçait ce contact avec la foudre, par de multiples petits signes, imperceptibles, que nous ne pouvions pas interpréter.

Un de ces signes, c'est un dessin que Robin fait alors qu'il a neuf ans : le dessin d'un petit garçon foudroyé. Un an plus tard, à l'école primaire, alors qu'il fabrique avec son frère des totems pour un carnaval, il choisit pour lui le symbole de… l'éclair. Une autre fois, une scène banale : nous jouons en famille au jeu du pendu ; lui, qui a alors neuf ou dix ans, dessine sur sa feuille : il trace des éclairs dans le ciel, avec autour des arbres.

Un autre exemple ? Le 28 mars 2007, la veille même de l'accident, Annick réalise un montage de photographies pour l'anniversaire de ma grand-mère, qui a lieu le 1er avril 2007. Nous nous prenons en photographie tous les trois, Annick, Morgane et moi. Maxime et Robin étant déjà partis en sortie, Annick a recours à un montage pour ajouter leurs visages sur la photo et utilise un cliché pris à Dinard l'été précédent. Une fois le montage terminé, nous l'envoyons à ma grand-mère, sans remarquer quoi que ce soit de particulier. Et ce n'est que quelques jours plus tard, après que l'accident a eu lieu, que nous nous rendons compte d'une chose très particulière : la tête de Robin est entourée d'un halo lumineux.

Ce n'est pas fini…

À peine deux ou trois jours après l'accident, nous sommes à l'hôpital, nous attendons pour voir Robin, devant la porte du service de réanimation. Nous nous annonçons au téléphone, dans la salle d'attente, pour pouvoir entrer dans le service : « *Nous sommes les parents de Robin* ». Soudain, une petite dame, qui était assise non loin de nous et à laquelle nous n'avions pas prêté attention, se lève et s'approche d'Annick. « *Vous êtes bien les parents de*

Robin ? J'ai quelque chose à vous dire. » Elle est là depuis le matin, ne sachant pas que les visites sont autorisées uniquement l'après-midi. Elle enchaîne, face à Annick interloquée : « *Ne me prenez pas pour une folle. Il faut que je vous dise quelque chose, c'est important pour moi. Je suis une personne qui fait des rêves. On m'envoie des messages. Robin m'a dit de vous dire : "Moi aussi, maman, je t'aime très fort, et ne culpabilise pas, ce n'est pas de ta faute."* » Annick est très choquée, parce que ces deux phrases, prononcées par une femme qu'elle ne connaît pas, qu'elle n'avait jamais vue auparavant, correspondent exactement à son état d'esprit du moment.

Effectivement, depuis l'accident, Annick parlait sans cesse à Robin, elle lui disait qu'elle l'aimait plus fort que tout, qu'il ne fallait pas qu'il s'en aille. Et elle culpabilisait beaucoup.

Pourquoi ce sentiment de culpabilité ? Je ne voulais pas que Robin et Maxime participent à cette sortie, je trouvais qu'à l'âge de quatorze ans traverser le département à vélo, c'était dangereux, je n'avais pas envie qu'ils partent sur les routes avec leur professeur de sport. Évidemment, je ne pensais pas à la foudre, mais je connaissais les dangers de la route et je craignais un accident de la circulation. Je dois dire que j'ai toujours été d'un naturel prudent. Annick était d'un avis inverse et pensait que les deux garçons devaient participer à cette sortie : à quatorze ans, il faut arrêter de les chaperonner, de les surprotéger, me disait-elle, il faut leur donner la possibilité de découvrir d'autres aventures, de conquérir leur indépendance, leur permettre de sortir avec leurs copains sans les parents, etc. Nous avons beaucoup discuté, tous les deux, nous nous sommes un peu fâchés même, et finalement Annick a eu le dernier mot. Cette sortie tenait tellement à cœur aux deux garçons : dans ces cas-là, les parents doivent prendre sur eux, et céder un peu. Annick me répétait souvent : « *Je ne veux pas qu'ils quittent la maison à dix-huit ans parce qu'ils seraient frustrés d'avoir été enfermés, tenus cloîtrés à la maison pendant toute leur jeunesse.* » Et finalement, j'ai dit oui.

Des décisions comme celle-là, nous les prenons toujours à deux : on discute, on parle parfois fort, on hausse le ton, mais on arrive toujours, au terme de discussions qui peuvent être longues, à trouver un terrain d'entente. Et aujourd'hui encore, alors que nous sommes souvent contraints de prendre des décisions lourdes de conséquences pour Robin, des décisions de vie et de mort, nous prenons également nos décisions à deux.

On comprend dans ces conditions qu'après l'accident de notre fils Annick s'en voulait : c'était elle qui avait insisté pour que Robin participe à la sortie. Quand, suite à une décision qu'on a prise et qu'on a soi-même imposée, il se produit un drame, on culpabilise, forcément. C'est humain. On se répète, en boucle : c'est de ma faute, si je n'avais pas insisté il ne serait pas parti en balade et ne se serait pas trouvé à Trets ce jour-là, à cet instant, à cette minute, et rien de tout cela ne serait arrivé, nous serions encore tous les cinq ensemble à la maison, etc.

Cette femme, qui se prénomme Monique, a donc dit la vérité quand elle a parlé du sentiment de culpabilité d'Annick.

Elle nous raconte ensuite ce qui s'est passé quelques jours plus tôt, alors qu'elle était en vacances chez une amie en Ariège. Une nuit, elle s'est réveillée en sursaut et a vu un petit garçon au bout de son lit, « *un petit blondinet* », comme elle nous le décrit, qui lui dit : « *J'ai pris le feu, aide-moi, il faut que tu fasses passer un message à ma mère.* »

Or Monique ne savait pas qui était ce petit garçon, ne comprenait pas de quoi il s'agissait, ce qui s'était passé. Mais, tant qu'elle n'avait pas transmis son message, elle n'était pas bien, elle ressentait des douleurs dans tout le corps, elle ne se sentait pas tranquille. Voulant comprendre qui était ce petit garçon, elle s'est renseignée autour d'elle. C'est à cette période que se déroula aux États-Unis la tuerie de Virginia Tech, à Blacksburg, en Virginie, le 6 avril 2007 : un étudiant de vingt-trois ans tua trente-deux personnes, avant de se suicider. Aussi Monique pensa-t-elle qu'il s'agissait de ce drame. Entre-temps, elle rentra chez elle – nouvelle coïncidence, elle habite Vitrolles. Mais les sensations qu'elle ressentait se faisaient de plus en plus fortes, et Monique comprit que l'explication du message qu'elle croyait avoir trouvée n'était pas la bonne. Alors qu'elle animait habituellement les cours de catéchisme à Vitrolles, elle interrogea les enfants, à la rentrée des vacances de Pâques : « *Est-ce que l'un d'entre vous a entendu parler d'un enfant qui aurait pris le feu ?* » Un ami de Robin, qui avait participé à la sortie avec lui, Gaby, lui demanda : « *Le feu, est-ce que ça ne pourrait pas être la foudre ?* » À ce moment précis, Monique sentit un frisson dans tout le corps : voilà, elle avait enfin trouvé. Le petit garçon qui était venu lui parler dans son sommeil, c'était Robin. Renseignements pris, elle apprit que Robin était hospitalisé à la Timone et s'y rendit, pour nous rencontrer et nous délivrer le message de notre fils. Elle nous dit : « *Il faut que vous transmettiez un message à Robin. Il faut lui dire qu'il arrête de sortir de son corps pour aller aider les bébés.* » En effet, notre fils, dans le service de réanimation, était le seul garçon de son âge, au milieu de nourrissons qui mesuraient à peine quarante centimètres et pesaient moins de deux kilos… Monique nous explique que le corps de Robin est en train de s'affaiblir, qu'il dépense trop d'énergie à aider les autres. Il est alors sous la glace.

Annick est alors allée voir Robin, elle lui a redit ce que Monique nous avait raconté, elle le lui a répété plusieurs fois. Et c'est quelques jours après qu'il nous a donné les premiers signes de son retour à la vie, avec les pupilles.

Par la suite, Annick a régulièrement revu Monique, à l'église, où elle a pris l'habitude de se rendre le matin avant la messe. Mais Monique ne lui a jamais donné rendez-vous. Cela a duré huit mois, jusqu'à ce que Robin sorte du coma. Nous ne voyions jamais Monique en dehors de ces rencontres ; quand elle avait quelque chose à nous dire, elle allait voir Annick. Elle ne nous a jamais rien demandé, évidemment elle ne nous a jamais demandé d'argent ni quoi que ce soit d'autre. Elle ne nous a jamais non plus posé de questions sur l'état de santé de Robin, ne nous a jamais demandé comment il allait – elle devait avoir des informations par un autre moyen… Nous avons vu Monique trois ou quatre fois, pas plus, et à chaque fois elle nous délivrait des messages précis, clairs, sans termes équivoques, pas des phrases à double sens qu'il faut interpréter pour comprendre, comme les sentences énigmatiques de Nostradamus. Et ce qu'elle disait, à chaque fois, nous étions les seuls à pouvoir le savoir.

Un jour, Monique vient à la rencontre d'Annick à l'église. Elle a l'air peiné, comme si ce qu'elle a à lui dire l'attriste. « *Je suis embêtée, parce que Robin vient me demander mon avis, mais c'est à lui de décider. C'est à lui de savoir ce qu'il doit faire. Il ne sait pas s'il veut revenir ou s'il veut partir. Vous comprenez, il a eu une porte entrouverte sur ce qui se passe après, et ce qu'il a vu de l'autre côté lui plaît tellement… Et on veut lui donner des missions : aider d'autres personnes, et cela lui plaît beaucoup. Mais il a tellement d'amour pour vous, il ressent tellement d'amour pour vous, qu'il est tiraillé par ce choix. Il me demande mon avis, mais moi je ne peux pas le guider.* »

Annick est très émue. Elle dit à Monique : « *Faites passer le message à Robin qu'il revienne auprès de nous, qu'il profite un peu encore de sa vie terrestre. Ses missions, il aura toute l'éternité pour les remplir.* »

C'est un ou deux jours après cette rencontre avec Monique que Robin a eu un arrêt cardiaque.

À la troisième rencontre avec Annick, cela devait être en juillet, Monique lui dit : « *Robin a fait son choix. Il va se passer quelque chose au mois d'octobre, autour du 10 octobre. Il doit y avoir un événement dans votre famille autour de cette date, un anniversaire peut-être.* » Annick, toujours aussi étonnée, lui répond qu'en effet l'anniversaire de Morgane a lieu le 8 octobre. Monique reprend, d'un ton très assuré : « *Patientez. Ce jour-là, il va se passer quelque chose.* »

Nous sommes convaincus que c'est le jour où Robin est effectivement sorti du coma, même si nous n'avons commencé à nous en rendre compte qu'à la fin d'octobre.

La dernière fois que nous avons vu Monique, c'était à l'automne 2007. Alors qu'elle ne pouvait pas avoir d'informations sur l'état exact de Robin, elle dit à Annick : « *Robin est sorti du coma.* » Comme Annick, étonnée, lui demande comment elle peut en être sûre, elle répond : « *Parce qu'il ne vient plus me voir. Je ne le vois plus.* » Robin avait fait son choix.

Depuis, Monique demande régulièrement à Annick des nouvelles de Robin. Il ne lui transmet plus de messages, il est revenu du coma, il n'est plus dans cet entre-deux-mondes, accessible seulement à certains initiés comme Monique. Il a choisi le monde des vivants ; il a choisi de rester avec nous.

À chaque fois qu'Annick exprime à Monique son inquiétude pour l'avenir de Robin, par exemple avant son opération de la bouche par le professeur Lantieri, elle répond toujours : « *Pourquoi est-ce que vous vous inquiétez ? Vous avez vu tout ce qu'il a subi, vous savez d'où il revient ? Vous croyez que c'est cette opération qui va le bloquer dans ses progrès ? Il a vécu le pire, vous n'avez pas à vous inquiéter maintenant.* »

Monique nous a souvent fait partager son étonnement face à la force de caractère de Robin. Il a une détermination qu'on ne rencontre pas souvent, il a une force de caractère incroyable, nous disait-elle.

Évidemment, cette rencontre avec Monique nous a laissés tous les deux perplexes. Comment pouvait-elle savoir tout ce qu'elle nous a dit ? Je ne vois pas d'autre explication qu'une sorte de vision extra-lucide, un pouvoir particulier.

Il en faut beaucoup pour me faire douter, mais j'avoue que, là, je n'ai pu trouver aucune explication rationnelle. Si l'on s'en tient aux schémas d'explication cartésiens, matériels, on ne peut pas tout comprendre.

Oui, il peut y avoir des événements étranges. Ce que nous vivons aujourd'hui, depuis le 8 mars, depuis l'opération de la bouche de Robin, est en tous points conforme à ce qu'un voyant nous avait prédit, il y a plusieurs années.

À entendre cette histoire, même les esprits les plus cartésiens, les plus raisonnables, les plus matérialistes, auront des doutes. En 2009, Annick est allée consulter un voyant qui, avant même qu'elle ne lui ait expliqué quoi que ce soit sur sa détresse, sur Robin, lui dit : « *Vous êtes venue me voir pour vos enfants, un en particulier, celui qui est loin de vous, par son corps et par sa tête.* » Puisqu'il n'y avait encore eu aucune médiatisation autour de l'accident et de ses suites, ce voyant ne pouvait rien savoir sur nous.

Annick a été à ce point sidérée par les phrases que le voyant a prononcées, par ses paroles extrêmement claires et précises, qu'elle a tenu à ce que nous y retournions, tous les deux cette fois-ci. Le voyant nous prédit alors, en 2010, qu'« *au printemps* » Robin fera d'énormes progrès et qu'il parlera « *en juillet* », qu'il sera capable de dire « *papa* » et « *maman* ». Il précisa bien que ce n'était pas pour cette année, ni pour l'année suivante, mais pour plus tard.

Aujourd'hui, nous sommes certains que notre fils parlera.

***

« *Quel sens peut-on donner aux coïncidences qui*

remplissent nos vies ? […] Si ce livre est maintenant entre vos mains, cela n'est peut-être pas le fruit du hasard ? Le grand chercheur français Pasteur disait : "Le hasard ne favorise que les esprits préparés", comme si nous devions être ouverts et réceptifs aux événements et aux signes qui nous entourent. Est-il possible de donner une interprétation de ces signes ? »

Ces mots sont extraits du livre de Pierre-Louis Besombes, *Les Coïncidences fantastiques de Spiris.*

Cet écrivain joue un rôle particulier dans l'histoire de Robin.

Au début de l'année 2007, Pierre-Louis a demandé à plusieurs classes de quatrième des Bouches-du-Rhône de participer à l'élaboration de son futur livre et a choisi la classe de Maxime et Robin. Les collégiens devaient choisir, parmi plusieurs propositions d'illustrations, la couverture finale. Il était prévu de longue date qu'il viendrait au collège le 30 mars pour annoncer aux élèves de cette classe qu'ils étaient les lauréats. Il arrive le jour dit au collège Simone-de-Beauvoir, où les cours ont été annulés, et le proviseur, qui a oublié de le prévenir, décide finalement de maintenir son intervention pour occuper les collégiens. Les élèves sont en pleurs, encore traumatisés par l'accident de Robin, et expliquent à l'écrivain, tout étonné, que Robin a été foudroyé. Pierre-Louis est sous le choc, comme pétrifié : son livre s'appelle *Le Faiseur de foudre.*

Comme il le raconte lui-même dans *Les Coïncidences fantastiques de Spiris,* son intervention devant les collégiens amis de Robin ne s'est pas déroulée comme il l'avait prévu : « *Allez donc parler à des élèves de la foudre alors qu'un de leurs copains a été foudroyé et se trouve dans le coma.* » Il a réussi à trouver les mots adéquats, a su ramener le débat sur les qualités des illustrateurs, le monde magique de son héros, Spiris.

Quel sens donner à cette coïncidence troublante ? Elle a permis d'apporter aux collégiens bouleversés un dérivatif : ils ont pu, pendant un bref moment, penser à autre chose qu'à l'accident, mettre de côté leur douleur, parler de dessin et de graphisme. L'imagination a, pour un instant, pris le pas sur la peine.

Depuis ce jour, Pierre-Louis s'est beaucoup intéressé à l'histoire de Robin. Pour lui, c'est un signe, il n'y a aucun doute. Il s'est rendu sur les lieux de l'accident, il y va d'ailleurs tous les ans, et a fait de nombreuses recherches. Il a relevé plusieurs faits étranges. Par exemple, l'accident de Robin a eu lieu sur un plateau, où une croix de fer haute d'une dizaine de mètres a été dressée ; distante d'à peine vingt mètres de l'accident, elle ne porte aucun impact de foudre, alors que celle-ci a traversé de part en part un garçon qui ne portait sur lui aucun objet métallique.

C'est le jour précis de la parution du troisième volume des aventures de Spiris, *Spiris et le souffle in-*

fini, le 18 juin 2009, que Robin, après deux ans de luttes et de démarches, est entré à la clinique de Valmante : à une étape importante pour Spiris correspond une étape importante pour Robin.

Une autre coïncidence troublante ? Un soir de juin, nous allons à la soirée de présentation d'un des livres de Pierre-Louis. Le temps est superbe, il fait très chaud, la réunion a lieu en plein air, en présence d'une centaine de personnes. Pierre-Louis nous présente tous les deux, fait le récit de ce qui est arrivé à Robin. Nous prenons la parole et soudain, en haut de la colline boisée qui se situe au loin devant nous, derrière le public, retentit un orage, un énorme feu d'artifice, des éclairs jaillissent partout, mais sans aucune explosion. Tout le monde s'arrête, les gens se retournent. L'orage a duré le temps que nous avons parlé, et s'est arrêté au moment précis où nous avons cessé notre intervention. Comment peut-on expliquer cela rationnellement ?

Pierre-Louis est devenu un de nos grands amis. Il est convaincu que ce qui est arrivé à Robin a créé un lien particulier entre notre fils et lui. Que ce qui est arrivé à notre fils lui est, d'une certaine manière, lié.

***

Depuis l'accident, il n'a cessé de se produire des faits étranges, des coïncidences de plus ou moins grande importance, des petits faits de la vie de tous les jours qui constituent pour nous autant de clins d'œil que nous fait le Destin.

Ainsi, Robin a été opéré par le professeur Lantieri, le 8 mars. Le matin de l'opération, nous voyons dans tout Paris d'immenses affiches pour le salon du golf, les 9, 10 et 11 mars ! Et nous repensons aussitôt à ce que Robin disait toujours : « *Plus tard, je serai chirurgien, j'opérerai les patients le matin et je jouerai au golf l'après-midi.* » Ne s'est-il pas passé à peu près la même chose ? Robin a été opéré le matin, et le golf a lieu le lendemain…

C'est parfois à croire que nous devenons fous ! Après l'accident, quasiment tous les films qu'Annick enregistrait à la télévision, commençaient par un orage. L'un des meilleurs spécialistes de la photographie de la foudre s'appelle… Robin Richard.

Nous en venons à croire que Robin provoque les événements. Très fréquemment, il lui arrive un événement A, ou il se passe autour de lui un événement A, qui débouche sur un événement B, qui est positif pour lui : c'est comme s'il provoquait A pour que B se produise. Il ne lui arrive pas un événement sans que cela ne provoque un autre événement, positif celui-ci.

Par exemple, à Hyères, en 2008, sa sonde urinaire a été coincée, ce qui, nous a expliqué l'urologue, n'arrive jamais. Cela a conduit le médecin à lui faire passer une échographie, qui a permis de découvrir les vingt-cinq calculs rénaux dont il souffrait, et ainsi de mettre fin à ses souffrances, qui duraient depuis plusieurs mois. Sans le dysfonctionnement de la sonde urinaire, on n'aurait jamais décelé les calculs rénaux, et on n'aurait jamais soigné Robin.

De même, quand il s'est cassé le bras, il a été examiné par des pneumologues à la Timone, qui ont établi qu'il pouvait respirer seul et n'avait pas besoin de respirateur, ce qui a permis d'accélérer son transfert dans un centre de rééducation.

Encore un exemple : quand Robin a été transféré à Bullion, en janvier dernier, il était prévu qu'il y reste pendant deux ou trois mois, avec la bouche bloquée et avec tous les risques que cela lui faisait courir. Mais il a contracté une pneumopathie quelques jours après son arrivée, qui a nécessité de le transférer à l'hôpital Pompidou – alors qu'il aurait dû aller à l'hôpital Necker, qui soigne les enfants malades. Trois étages au-dessus de sa chambre, se trouvait le service du professeur Lantieri. Cela nous a permis de rencontrer des médecins et des soignants, et son arrivée prématurée, non prévue, dans l'hôpital a accéléré son opération.

C'est comme si notre fils provoquait les événements autour de lui. Un incident fortuit, inattendu, ouvre une porte, permettant qu'on découvre autre chose.

Annick dit souvent à Robin, avec un air mi-figue mi-raisin : « *Quitte à provoquer des événements, provoque des choses moins graves !* » Imaginez ce que nous pouvons subir en tant que parents, à chacun de ces incidents, quand nous découvrons qu'il a un bras cassé, qu'il souffre de calculs rénaux ou qu'il a attrapé une pneumopathie… Mais à chaque fois, cet événement, malheureux en soi, déclenche un processus qui est bénéfique pour lui : cela permet de réaliser un examen non prévu qui se révèle particulièrement utile, cela donne raison à Robin ou nous donne raison, cela va dans notre sens… Mais c'est au prix de tracas et de douleurs immenses.

La coïncidence curieuse la plus récente – qui n'est pas la dernière d'une série qui va se poursuivre –, c'est que Robin doit être transféré à l'Institution nationale des Invalides, à quelques mètres du tombeau de Napoléon, dont je ne cesse de répéter une phrase devenue célèbre : « *Les seuls combats que l'on ne gagne pas sont ceux que l'on ne mène pas.* »

XI
La meilleure médecine du monde

La force qui est en chacun de nous est
notre plus grand médecin.
Hippocrate

Je tiens à dire quelques vérités sur ce qu'est aujourd'hui la médecine en France, tirées de ce que nous avons découvert, de ce que nous avons vécu, subi et souffert en tant que parents de patient.

Nous avons toujours été très soutenus par les infirmières et les aides-soignantes. Leur gentillesse, leur compétence, leurs encouragements ont constitué pour nous de puissants réconforts.

Dans chacun des établissements que Robin a connus, à la Timone, à San-Salvadour, à Valmante, à Bullion, à l'hôpital Georges-Pompidou, ce sont toujours les infirmières qui sont là à ses côtés, qui l'aident 24 heures sur 24, qui ressentent comment il va, s'il a mal, ce dont il a besoin, qui savent ces éléments minuscules qui sont tellement déterminants dans la vie d'un patient comme lui. Étant en permanence avec lui, ce sont elles qui le connaissent le mieux.

Ces femmes, infirmières ou aides-soignantes, par leur gentillesse, par leur attention, ont contribué à ce que Robin aille bien. Elles ont également pris soin de nous, elles ont fait en sorte que, nous aussi, nous soyons bien. Et, autant que possible, nous avons essayé de leur rendre la pareille. Annick a été très émue d'entendre une infirmière lui dire : « *Pendant la journée, c'est vous la maman. Pendant la nuit, Robin c'est mon petit.* »

À Valmante, si l'on met de côté la question des protocoles de soins, nous sommes restés globalement en très bons termes avec l'équipe médicale. Annick avait ainsi pris l'habitude, chaque semaine, de préparer un gâteau pour les infirmières.

Aujourd'hui encore, nous sommes toujours en contact avec plusieurs infirmières, de Valmante ou de San-Salvadour. Tout récemment, après la diffusion d'un reportage sur Robin à la télévision, sur France 3, j'ai reçu un message d'une infirmière d'Hyères, nous disant sa joie de voir Robin en meilleure santé. « *Je suis très fière de vous, continuez à vous battre.* »

J'en parle souvent au féminin, car nous avons quasiment toujours rencontré des infirmières, non des infirmiers.

Les infirmières sont souvent des vigies. À Hyères, elles nous disaient souvent : « *Dépêchez-vous de sortir Robin d'ici !* » Combien de fois avons-nous vu des infirmières, sachant que notre fils souffrait, qu'il n'allait pas bien, se fâcher avec des médecins qui n'avaient à la bouche que la fameuse phrase : « *C'est neurologique.* »

Elles ont été les premières, et même les seules, à nous dire ce qui se passait réellement à Valmante, à nous révéler que les médecins mentaient quand ils nous affirmaient qu'ils faisaient travailler Robin, qu'ils l'asseyaient chaque jour. Elles ont également été les premières à nous démontrer l'incompétence des médecins et leurs erreurs de diagnostic, qu'elles devaient, de leur propre initiative, réparer – comme ce jour où, à Valmante, le chef de service a prescrit à Robin un laxatif qui était particulièrement contre-indiqué dans sa situation.

Dans ce combat que nous avons mené contre l'obscurantisme médical, les infirmières et les aides-soignantes ont été pour nous de précieuses alliées.

On ne dira jamais assez à quel point le métier d'infirmière est un métier difficile. Elles sont confrontées à la fois aux patients, aux médecins et aux parents. Des parents qui posent des questions, qui sont dans l'attente, dans l'incertitude, face à des médecins qui ne leur répondent pas. Et ce sont souvent les infirmières qui trinquent !

***

S'il me paraît nécessaire et justifié de chanter les louanges des infirmières, je n'en dirais pas de même des médecins. Je dois à la vérité de reconnaître que quelques-uns d'entre eux nous ont aidés – mais, sur l'ensemble de tous ceux que nous avons été amenés à rencontrer, seule une minorité a tendu la main à Robin et a cru en ses chances de progrès.

La plupart de ceux que nous avons rencontrés se sont montrés suffisants, bardés de certitudes, jusqu'au déni de la réalité. Que ce soit à Marseille, à Hyères ou à Paris, ils nous ont infligé en permanence le même discours pessimiste, négatif, pourtant contredit par la réalité, par les progrès réels et manifestes de Robin. Ce discours négatif, ils nous l'ont répété jusqu'à la nausée…

À Hyères ou à Valmante, quand nous disons à un médecin que Robin se retourne dans son lit, on nous dit : « *C'est un réflexe* ». Quand nous faisons remarquer qu'il commence à bouger les mains et les pieds, on nous répond : « *Ce n'est pas contrôlé* ». Quand nous constatons que, lorsqu'on raconte une blague à Robin, il sourit, on nous dit : « *C'est un réflexe* ». Quand nous répétons qu'il a mal, qu'il grimace, pleure, se tord de douleur, la réponse est : « *Il a l'œil qui coule* », « *c'est un réflexe* ». Quand Robin, qui est très stable, a le pouls qui monte brusquement à cent soixante-dix, on ne nous écoute pas. C'est « *neurologique* », et pendant ce temps Robin souffre !

Le plus grave, c'est que nos avertissements sont fondés et que, si nous avions été écoutés, davantage et plus tôt, cela aurait évité à Robin des souffrances et des dégradations majeures de son état. Je n'exagère pas : il souffre aujourd'hui d'une déformation de la colonne vertébrale et d'un déplacement du bassin, parce qu'il est resté alité trop longtemps, pendant deux ans, tout le long de son séjour à Valmante, couché 22 heures sur 24. Le médecin de l'Institution nationale des Invalides a effectivement attesté que cette dégradation est due au fait qu'il est resté allongé et que ses muscles n'ont pas été stimulés pendant une longue période. Et cela n'a rien de « *neurologique* » !

Quand j'entends quelqu'un me dire : « *C'est neurologique* », je pense à ces médecins généralistes, médecins de famille, qui disent : « *C'est viral* » quand ils ne trouvent pas la cause de l'infection ou l'explication des symptômes.

Nous en sommes venus, Annick et moi, à classer les médecins en deux camps : le camp des neurologiques et le camp des non-neurologiques.

Ce qui est difficile à vivre dans la relation entre médecins et patients, ou parents de patients, c'est son inégalité. Les médecins, se targuant de leurs longues années d'études, protégés par leur titre de docteur, nous regardent de haut, du haut de leurs diplômes, et se drapent dans leurs certitudes et leur toute-puissance. Ils croient qu'ils savent tout mieux que les autres. Tel ce médecin généraliste de San-Salvadour, médecin à la retraite, qui se permettait de critiquer le diagnostic du professeur Tardieu, chef de service en neurologie au CHU de Bicêtre, en disant d'un ton désinvolte : « *Il ne peut pas savoir, il n'a pas l'habitude de ce genre de patient.* »

Être un parent à l'hôpital, c'est une place particulièrement difficile. Vous êtes impuissant, tenu à l'écart, souvent méprisé, toisé, même infantilisé. Vous n'avez pas d'autre choix que de remettre votre enfant entre les mains d'une personne diplômée d'État, aide-soignante, infirmière, personnel paramédical, médecin, chirurgien… Vous êtes donc censé lui faire entièrement confiance. Mais que faire, que dire, quand vous constatez que cette personne, dont dépend la vie de votre enfant, n'agit pas comme il faut, ne respecte pas les protocoles, voire met la vie de votre enfant en danger ? Combien de fois avons-nous été confrontés à ce dilemme !

Il y aurait tant à dire sur les erreurs commises par certains des soignants qui se sont occupés de Robin !

Non, les médecins ne savent pas tout. Non, ils ne sont pas infaillibles, loin de là ; certains le reconnaissent.

Nous en avons fait l'amère expérience en constatant qu'un soignant ne s'occupe pas de la trachéotomie de Robin comme il faut, au risque de lui causer une pneumonie, ou en voyant un infirmier, un kinésithérapeute ou un médecin traiter notre fils sans ménagement ou procéder avec brutalité, au risque de lui causer des lésions… Et qu'on ne nous dise pas que « *nous ne savons pas* » : depuis le temps que nous nous occupons de Robin, nous nous sommes renseignés, nous avons appris les protocoles exacts, nous connaissons les manières de procéder.

Au-delà des erreurs médicales *stricto sensu*, des erreurs de manipulation, j'ai pu également constater un manque d'attention, un manque de soin, qui est indéniable quand on voit certains personnels faire les soins brutalement, coucher Robin sans faire attention au fait qu'il a les pieds coincés dans le bout du lit, ce qui lui causera un pinçon sur un orteil, ou encore sans remarquer qu'il a le bras dans le dos. Tout cela est douloureux, mais il ne peut pas se plaindre, il ne peut pas crier ! À Marseille, il nous est arrivé à plusieurs reprises de le trouver assis dans un fauteuil par un kinésithérapeute – les rares fois où on le sortait de son lit –, très mal installé, jeté comme un sac de pommes de terre, au point de tomber, le bras coincé en arrière ; il y avait bien quelqu'un qui l'avait vu dans cette position, croyez-vous qu'il aurait fait quelque chose ? C'est lamentable… Je me rappelle une autre anecdote à Marseille : un jour, quand nous arrivons, la porte de la chambre de Robin est fermée. Pensant qu'il est en train de recevoir des soins, nous attendons dans le couloir. Au bout d'un moment, nous décidons d'entrer, et là, triste spectacle : il est tout seul, il crache, il est en train de s'étouffer et n'a pas de saturomètre au doigt parce que le personnel « *a oublié* »...

Je me rappelle un autre incident, à Marseille aussi, quand Robin était soigné pour son bras cassé : il était hospitalisé dans un service de pneumologie pédiatrique et j'étais obligé de rester avec lui 24 heures sur 24, parce que l'équipe médicale n'avait pas la possibilité de lui donner une surveillance suffisante pour qu'il soit en sécurité. Je devais rester à ses côtés en permanence. Une fois, j'ai dû appeler une infirmière pour lui demander d'aspirer la trachéotomie : elle a utilisé une sonde urinaire au lieu de sonde trachéale ! Une autre fois, l'infirmière tardait à venir, les minutes passaient, dix minutes, vingt minutes, finalement j'ai dû faire moi-même des soins d'urgence.

De tels épisodes déplorables ont jalonné ces cinq dernières années. Ces hasards malencontreux, ces incidents, relèvent malheureusement du quotidien.

Que faire dans ces cas-là ? Dire : « *Madame, vous faites mal votre travail.* » Ou : « *Attention, vous aspirez brutalement, Robin n'est pas un bout de viande !* » Notre crainte, c'est que Robin en pâtisse, car une fois que nous serons partis, une fois que nous l'aurons laissé dans sa chambre, il sera tout seul, sans défense : que va-t-il alors se passer ? Nous nous sentons donc obligés de rester courtois, polis, de ne pas offenser ou perturber les soignants. Nous sommes seulement des parents, nous ne sommes pas des thérapeutes, nous n'avons pas fait d'études de médecine, de sorte que, bien souvent, nous n'osons pas intervenir : nous veillons à rester à notre place.

Être parent à l'hôpital, c'est donc prendre sur soi, avoir toujours le sourire, parfois aussi passer de la pommade.

Aussi les relations avec les médecins ne sont-elles pas franches, sincères : elles sont mielleuses, hypocrites. Faute de pouvoir leur dire clairement « *Robin a besoin d'un scanner* », nous sommes obligés de biaiser : « *Ne pensez-vous pas qu'il serait peut-être intéressant de…* »

Les parents sont toujours dans un rapport de chantage avec les médecins. Si nous nous plaignons, nous nous entendons répondre quelque chose comme : « *Si ça ne vous plaît pas, vous prenez votre gamin, et adieu, bon débarras !* » Alors, nous nous taisons…

Un malaise similaire existe à propos de la douleur des patients, qui n'est pas suffisamment prise en compte par le corps médical. Quand nous disons que Robin a mal – nous le savons avec certitude parce que nous le voyons se tordre, grimacer, pleurer même –, on nous rétorque : « *Vous croyez ? Mais comment vous le voyez ?* », quand on ne nous dit pas : « *Mais il ne sent rien, il ne peut pas souffrir !* » C'est à vous donner des envies de meurtre… Et nous, nous devons ronger notre frein. Le médecin va regarder les examens de Robin, ils sont corrects, les bilans sanguins, corrects également, la courbe de température, elle est normale, il va parler pendant dix minutes et conclure finalement : « *C'est neurologique* ». Dans ces moments-là, je n'ai qu'une envie : le prendre par le col de la blouse et le mettre devant Robin grimaçant de douleur en lui disant : « *Il ne souffre pas, là ? Il pleure de rire, peut-être ?* »

Les médecins passent plus de temps devant leur ordinateur, obnubilés par les chiffres et les statistiques, que devant les patients. Ils se focalisent souvent sur la courbe de température, alors que la température est symptomatique d'une infection ou d'une inflammation, mais pas de la douleur. On peut avoir le bras cassé, en concevoir une forte douleur, mais ne pas avoir de température.

Il est vrai que Robin ne fait pas de bruit, ne se plaint pas, ne gémit pas… S'il criait, s'il hurlait, l'attitude des médecins serait probablement différente.

Avec le temps, j'ai aussi compris que si nous sommes un peu moins gentils, un peu moins tolérants, nous nous ferons davantage entendre… Il faut de temps en temps élever le ton, taper du poing sur la table ; c'est efficace parfois.

J'ai également été choqué par la manière dont certains médecins, quand ils sont face à un malade, se comportent face au corps de celui-ci en y recherchant d'abord un indice spécifique d'un problème, un symptôme particulier qui viendrait confirmer ou non leur diagnostic ! Le corps humain est traité comme un objet d'étude. Dès l'arrivée à l'hôpital, la prise en charge du patient se traduit par une attention au corps qui occulte complètement la personne en tant que telle : l'infirmière « installe le patient », elle « l'équipe », elle le « monitorise ». Le corps médical tout-puissant impose une sorte de « réification », de « chosification » du corps du malade, nié dans son humanité et traité comme une chose, comme un objet, voire comme un support d'expérimentation, plutôt que comme le corps vivant d'un être humain qui souffre.

Mais, ces dernières années, la mobilisation de plusieurs associations de malades est la preuve qu'une prise de conscience commence à naître, que la manière méprisante et infantilisante dont les médecins traitent les patients et leurs proches n'est plus acceptée.

L'organisation de la médecine conduit également à cette « chosification » du corps, puisqu'elle le démembre en spécialités diverses. L'état de Robin n'a pas été traité dans sa globalité, mais dissocié en multiples aspects correspondant chacun à une spécialité, et à un médecin spécialiste, avec chacun leur approche et leur langage : neurologie, cardiologie, ORL, stomatologie…

Ah, le langage ! Il y aurait tant à dire sur le jargon des médecins. Il y a là matière à se moquer… Pour qui n'a pas fait d'études de médecine, c'est-à-dire pour l'immense majorité des patients et de leurs proches, être confronté à la maladie, c'est se heurter à un vocabulaire qui devient très vite incompréhensible. Il y a à cette incompréhension plusieurs raisons, qui s'ajoutent les unes aux autres : d'abord, parce que la médecine est une discipline qui, comme tout autre, a développé son propre vocabulaire, comme c'est le cas pour l'architecture, la cuisine, la sociologie, la botanique etc. Surtout, la médecine nécessite une grande précision dans l'emploi des termes – il y a toujours le risque d'une erreur vitale, fatale – et porte sur un domaine assez éloigné de la vie courante. Le langage des médecins est très éloigné du nôtre : ils ne désignent pas les éléments du corps humain avec les mêmes mots que nous, mais utilisent – justement – des termes médicaux. Par exemple, ils ne parlent pas de « *calculs rénaux* », ils parlent de « *lithiases* » ; ils parlent de « *miction* », etc. Cela contribue fortement à éloigner les uns des autres médecins et patients.

Avec Robin, nous avons constaté combien les médecins maîtrisent l'art de détourner les mots et savent interpréter les situations de la manière qui les arrange. Beaucoup tient à un mot ! Si vous regardez cette couleur sur le mur, qui se rapproche du violet, vous allez peut-être voir du mauve, et moi je verrai du parme. La différence paraît minime, c'est une nuance minime qui sépare ces deux termes, un peu plus clair ici, un peu plus foncé là, mais la simple différence de nom peut avoir des conséquences considérables si dans tel pays porter du mauve est autorisé, tandis que porter du parme est interdit.

Dans chaque hôpital où a vécu Robin, nous avons connu les mêmes scènes terribles : nous sommes convoqués par les médecins, dans une salle particulière – à Marseille dans la bibliothèque, à Hyères dans le bureau du chef de service, à Valmante dans une petite salle... Nous tremblons de tout notre corps avant le rendez-vous, inquiets. Que va-t-on nous annoncer ? Quelle mauvaise nouvelle va nous tomber dessus ? Alors que, cinq minutes avant, nous étions à côté de Robin, qui allait bien, nous avions passé un bon moment avec lui. Mais, à chaque fois, nous ressortons de l'entretien en larmes, parce que les médecins nous ont asséné un diagnostic pessimiste, nous ont répété que Robin ne marchera jamais, que la rééducation ne sert à rien, que nos efforts sont vains...

C'est ainsi, par exemple, qu'à l'hôpital Pompidou, dans le service de réanimation médicale, on nous a annoncé début avril que Robin a besoin d'une machine à respirer, alors qu'une semaine avant, en réanimation chirurgicale, tout allait bien et il n'en avait pas besoin. La manière dont nous encaissons le choc, notre tristesse, notre désarroi, c'est le cadet de leurs soucis. À croire que cela leur fait plaisir, d'annoncer à des gens qui se battent depuis cinq ans pour leur fils, qu'il a une détérioration du système nerveux central, qu'il ne marchera plus jamais, etc., sans examens, sans aucune certitude. J'entre dans une rage noire quand j'entends les médecins dire cela ! Ils se sentent tellement en position de force qu'ils ont du mal à penser qu'ils puissent avoir tort ou que de simples parents aient une opinion à faire valoir.

J'en suis venu à me demander si les médecins ne prennent pas du *plaisir* à annoncer de mauvaises nouvelles. Ils paraissent se rengorger intérieurement de nous casser le moral. Ils ne sont « *pas sûrs* » de cette mauvaise nouvelle, mais ils nous l'annoncent quand même…

À l'évidence, les médecins devraient progresser en matière d'humanité. Ils paraissent tellement outrecuidants, tellement blasés, tellement froids, plus soucieux des statistiques que des hommes qui souffrent dont ils ont la charge.

On devrait faire passer un test d'humanité aux étudiants en médecine. Je pense qu'il faudrait aussi leur apprendre des rudiments de psychologie.

L'attitude des médecins paraît également dépourvue de toute humanité quand, par exemple, ils annoncent avec assurance aux proches d'un patient qu'il en a « *encore pour quinze jours maximum* ». J'y vois l'expression d'un sentiment de toute-puissance du médecin, qui est en contradiction avec l'éthique médicale. Sur quelles bases médicales repose ce pronostic ? Un médecin ne doit-il pas pondérer ses propos, faire preuve d'humanité envers ses patients et leurs proches ? Quel sens y a-t-il à donner à un patient des informations qui résultent uniquement de statistiques issues d'études épidémiologiques ou d'essais cliniques ? Les données statistiques sont des probabilités établies à l'échelle d'une population et ne s'appliquent pas à l'échelle individuelle ; pour un patient, qu'il guérisse ou qu'il décède, c'est, dans tous les cas, du 100 %.

Sur toutes ces questions, qui relèvent de la déontologie médicale, de l'éthique personnelle, ou tout simplement de l'humanité, le Comité éthique et cancer a un avis intéressant. Créé en 2008, présidé par le professeur Axel Kahn, médecin généticien et ancien président de l'université Paris-Descartes, il est composé de trente-quatre membres issus d'horizons divers et reconnus pour leur expertise dans leur discipline respective (directeurs de recherche, professeurs des universités, oncologues, psychologues, psychanalystes, avocats, présidents d'association, médecins généralistes, cadres de santé, patients et proches de patients).

À lire les avis qu'il rend, on comprend bien que le monde médical gagnerait à amender ses pratiques et à se montrer plus humain. Je voudrais citer ici des extraits de l'avis n°14 du 14 février 2011 « De l'inéthiquité de l'annonce d'un pronostic de délai de décès » : « *le comité souligne qu'un médecin ne peut en aucun cas dire à un patient qu'il n'y a plus rien à faire.*

Toute prise en charge d'une personne malade doit s'inscrire dans une continuité, les soins proposés étant progressivement adaptés à l'évolution de l'état de santé du patient. La prise en charge peut ainsi avoir un objectif curatif, symptomatique ou palliatif selon le stade de la maladie. Elle ne peut être considérée comme devant s'arrêter, et surtout être présentée comme telle au malade, dès lors qu'il n'y a plus d'espoir de guérison. Dans ce cas de figure, d'autres soins que curatifs peuvent et doivent être proposés, visant à permettre d'obtenir la meilleure qualité de vie possible au patient pour le temps qu'il lui reste à vivre. » Le comité dénonce également ce qu'il appelle, de la part des médecins, « *une parole violente et écrasante* » et considère que « *toute annonce d'un pronostic de délai de décès est inacceptable. D'une part, un tel pronostic ne repose sur aucune base scientifique, pas plus que sur l'expérience clinique. Pas plus que quiconque, les médecins ne maîtrisent le temps. Ils ne sont donc pas en mesure de pouvoir affirmer avec certitude quand précisément une personne va mourir, même lorsque la fin de vie de cette personne leur paraît irrémédiable et proche. D'autre part, toute annonce d'un pronostic de délai de décès constitue, par la certitude qu'elle énonce, une parole violente et écrasante. Celui qui reçoit cette parole ne peut que soit l'accepter, et par-là s'entendre dire sa propre condamnation à mort, ou la rejeter et être conduit à une rupture de la confiance avec son médecin. Dans les deux cas, le pronostic annoncé empêche désormais tout dialogue entre l'un et l'autre, et constitue de fait une rupture dans la prise en charge, précisément à un moment où le patient a plus que jamais besoin d'être soutenu et accompagné. Cette parole toute-puissante entrave tout autant le dialogue entre le médecin et les proches. Elle apparaît donc à tout point de vue préjudiciable.* » Le médecin ne peut prédire à long, ni même à moyen terme, les modalités d'évolution des patients ; les résultats d'examens ne permettent que de déterminer la situation présente et probable à court terme.

Tout au long de ces cinq ans, les malentendus, les irritations, les colères et les reproches n'ont pas manqué. Ma conviction, aujourd'hui, est qu'un échange sain, dépassionné, sincère, est essentiel. Et qu'un défaut d'information conduit souvent à une rupture du lien de confiance avec l'équipe soignante. Dans ces conditions, l'échange devient presque impossible.

Le dialogue entre le patient, sa famille et le médecin doit rester un véritable échange, qui donne la possibilité aux proches du patient d'exprimer leurs attentes, leurs craintes, la manière dont ils ressentent la situation présente. Les médecins, les soignants au sens large, qui prennent en charge des enfants gravement malades doivent être engagés à redoubler d'attention et d'empathie pour informer les parents, échanger et dialoguer avec eux, afin de rendre moins intolérable l'épreuve qu'ils traversent.

***

Pendant ce long parcours au côté de Robin, il nous a donc fallu lutter *aussi* contre le corps médical. J'en suis même arrivé à me demander, dans un moment d'abattement et d'énervement : qui a fait le plus de mal à Robin, la foudre ou les médecins ?

J'entends souvent dire que la France possède le meilleur système de santé au monde. Peut-être, mais dans ce système d'excellence, il n'y a pas de place pour Robin dans un service de rééducation, et le temps passe. Nous l'avons constaté : il n'existe pas la volonté de le guérir et de l'aider. Tel établissement va nous répondre qu'il ne peut pas l'accueillir car « *il a une trachéotomie* », « *il a un respirateur* », « *il a fait quarante minutes d'arrêt cardiaque* », « *c'est un patient trop lourd* », « *vous n'habitez pas sur place* », « *vous ne travaillez pas dans le département, les patients d'ici sont prioritaires* », etc.

C'est impensable qu'aujourd'hui en France il n'existe aucun endroit où nous puissions placer Robin, où il soit en sécurité et où il suive un programme de rééducation !

La volonté de soigner et de faire vivre doit être plus forte que la volonté de gérer, d'équilibrer des lignes budgétaires.

La médecine est une science incertaine et inexacte, et les médecins sont des êtres faillibles. Pourtant, ils voudraient que la médecine soit une science exacte, et une science qu'on puisse budgéter, faire entrer dans des bilans comptables. Combien de fois me suis-je dit : Hippocrate doit se retourner dans sa tombe !

Nous vivons à une époque où on achète, on utilise, et quand ça ne marche plus, on jette. C'est l'ère du jetable, du superficiel et de l'éphémère. Mais la vie, la santé, la médecine, ne peuvent pas fonctionner sur ce mode !

XII

Tant qu'il y a de la vie…

Tant qu'il y a de la vie, il y a de l'espoir.
Théocrite

Toute cette histoire est celle de Robin, mais, par force, c'est aussi un peu la nôtre.

C'est lui qui souffre, c'est lui qui subit au premier plan tout ce qui s'est passé depuis ce jour fatidique de mars 2007. Il se bat pour nous montrer ce qui ne va pas, il tente de nous faire comprendre quelle direction il faut que nous prenions, il se montre coopératif autant qu'il le peut, il participe à ce qu'on lui demande de faire, au prix de douleurs.

Mais nous sommes également partie intégrante de toute cette histoire. J'ai l'habitude de dire que nous sommes son moteur : si nous ne sommes plus là, il n'est plus là. Pendant cinq ans, nous avons espéré, nous avons stimulé Robin, nous l'avons protégé face au manque de soins spécifiques, et aussi face à l'incompétence de certains médecins et à leur mauvaise foi. Combien de fois nous sommes-nous dit : « *Si nous n'avions pas été là, il serait mort depuis bien longtemps…* » Il nous est arrivé de rattraper au dernier moment des erreurs commises par le personnel médical.

Nous ne cherchons pas à nous mettre en avant, nous n'avons jamais agi ainsi – et tous ceux qui nous connaissent, tous ceux qui nous ont côtoyés et approchés peuvent en témoigner –, mais nous disons simplement que nous aussi, nous subissons tout ce qui lui arrive.

Si Robin est fort, c'est parce que nous sommes forts. Et inversement, si nous sommes forts, c'est parce que Robin est fort.

Notre vie tout entière s'organise désormais autour de Robin. La vie de tous les jours avec lui est devenue une routine pour nous. Tout tourne autour de lui, mais c'est une routine quand même. À 13 heures, nous devons partir, qu'il pleuve, qu'il vente ou qu'il neige. S'il y a quelqu'un chez nous à 13 heures, c'est : « Au revoir, à la prochaine, on s'en va ». Cela dure depuis cinq ans. Même le jour où plusieurs centimètres de neige bloquaient les routes dans les Bouches-du-Rhône et le Var, en 2009, nous avons pris la voiture pour aller voir Robin ; notre trajet entre la maison et San-Salvadour a duré plus de cinq heures, mais nous avons tenus à être présents à ses côtés. Si nous avons un imprévu ou s'il se passe un événement important, nous envoyons quelqu'un à notre place près de Robin avant notre arrivée. La seule fois où nous n'avons pas pu le voir, c'est parce qu'on nous en a empêchés : l'hôpital de Valmante était en travaux, la porte d'entrée ne pouvait pas être utilisée et la direction ne laissait entrer aucune personne extérieure.

Dans ces conditions, la question des transports prend une importance considérable. Peut-on imaginer quelle douleur c'est d'être bloqué dans un embouteillage quand on sait que son fils est en danger ? Il nous est arrivé d'être bloqués au milieu de Toulon, alors que nous savions que Robin était atteint de graves problèmes respiratoires, qu'il était peut-être mort… Nous étions impuissants, bloqués – c'était une grande frayeur.

Pendant toute la période où Robin a été hospitalisé à Marseille, puis à Hyères, puis de nouveau à Marseille, nous avons mené plusieurs vies en une. Le jour, nous devons être kinésithérapeute, neurologue, psychologue et en même temps le père et la mère de Robin. Le soir, nous rentrons à la maison, nous retrouvons Maxime et Morgane, deux adolescents qui ont besoin de leurs parents, et là une autre vie commence : il faut faire à manger, s'occuper de la maison, régler les factures, s'occuper du courrier, laver le linge de Robin… Le peu d'énergie qui nous reste, nous devons le consacrer à Maxime et à Morgane, qui existent en tant que Maxime et en tant que Morgane, et non pas en tant que frère et sœur de Robin, et nous devons leur faire comprendre que les petits tracas qu'ils peuvent avoir connu dans la journée, leurs tracas d'adolescents « normaux », sont importants aussi. Nous avons toujours veillé à éviter qu'ils ne se disent : « *oui, j'ai un souci, quelque chose me tracasse, mais ce n'est rien à côté de ce que subit Robin, il ne faut pas que j'en parle* ».

Il n'y a pas de plus ou moins gros problème. Quand on a une pathologie, un problème, quand un de nos proches est touché, c'est un souci. Un infarctus, un cancer, la perte d'un enfant, pour chaque personne le problème qu'elle a est le plus important au monde, au moment où il survient.

C'est ce que nous disons régulièrement à Morgane et à Maxime : nous avons tous des soucis qui perturbent notre vie et, même s'ils sont moins « graves » que ce qui arrive à Robin, il faut les prendre en compte.

Il n'est pas facile de rentrer à la maison, après avoir vécu une journée de m… avec Robin, qui a souffert, que nous avons vu pleurer, se tordre de douleur, après nous être battus contre cette montagne qu'est la médecine, et de devoir garder tout cela pour soi, de ne pas le leur faire partager. Nos deux autres enfants, notre famille, nos amis, se disent :

Robin ne risque rien, il a ses parents. Mais nous, nous sommes tout seuls, tout seuls devant lui.

Morgane, la grande sœur de Robin, n'avait que seize ans au moment de l'accident, elle était en pleine adolescence. Cette épreuve a changé énormément celle qui était la grande sœur et qui veillait en aînée sur ses deux petits frères, toujours là pour les défendre à l'école quand un camarade les embêtait ou pour les consoler quand ils se faisaient mal, en portant une attention un peu plus maternelle à Robin qui avait déjà souffert à la naissance... Dans sa tête, elle culpabilisait énormément, car cette fois-ci elle n'était pas là, elle n'avait pas pu protéger son petit frère...

Depuis le drame, les moments de joie, de plaisir et d'insouciance de l'adolescence ont disparu ; il ne subsiste que beaucoup de colère, d'amertume, d'indifférence et de tristesse.

Quant à Maxime, le frère jumeau, la moitié de Robin, il a vu le pire : son frère inanimé, brûlé, sans vie. Son frère dont il n'a pas voulu lâcher la main jusqu'à ce que l'hélicoptère arrive. Maxime n'a jamais laissé rien paraître, tout est à l'intérieur, pourtant les larmes venaient, irrépressibles, presque tout les soirs dans son lit....

Quelques jours après l'accident, il tint à Annick des propos tellement profonds et surprenants pour un enfant de quatorze ans : « *Maman, la vie de Robin est entre parenthèses pour l'instant, alors je vais vivre pour deux, pour tout lui redonner quand il sera guéri.* » Il le fait avec le sourire et sa gentillesse habituelle, contre vents et marées. Je pense qu'il y a un lien très profond entre Robin et lui, pas besoin de parole entre eux, ils se ressentent mutuellement.

Depuis l'accident, il nous a fallu changer d'habitudes, de travail, de voiture, et même de ville, de maison – qu'importe.

Pour suivre Robin, hospitalisé à Paris, notre organisation a complètement changé. Je vais travailler le matin au centre de tri d'Ivry, puis à 13 heures nous filons Annick et moi à l'hôpital, nous rentrons tard le soir, et le lendemain on remet ça, je repars travailler, etc. Il n'y a pas de week-end, pas de vacances – de toute façon, nous n'en profiterions même pas ! Parfois, le soir, nous nous accordons un moment de répit, en allant au restaurant avec Maxime et Morgane, histoire de se changer les idées : on est content, on s'assoit, mais on se rend compte aussitôt qu'il en manque un. Il y a une chaise vide. Nous pensons à Robin qui est dans sa chambre et qui souffre. La fête est gâchée. Et l'appétit disparaît, comme la joie de se retrouver tous ensemble. Non, pas « tous ensemble » : on ne sera pas tous ensemble tant que Robin sera dans une chambre d'hôpital.

Nous avons progressivement constitué un lien particulier avec Robin. Annick, comme moi, avons avec Robin une relation qui n'est pas la même qu'avec Maxime. On se comprend sans se parler. Il n'est pas facile de parler à une personne qui est dans le coma ou ne peut pas parler, de se comporter normalement avec elle. Mais au fil des semaines, nous avons appris une façon d'agir, de se comporter. Progressivement, on s'habitue à cette relation, qui n'est pas à sens unique, même si elle ne passe pas en retour par la parole. Il faut beaucoup prendre sur soi pour trouver la patience d'un tel accompagnement, important, qui s'apparente à une rééducation à la vie.

Annick ne supporte pas que quelqu'un d'autre qu'elle touche le linge de Robin : personne, même pas ma mère, ne peut le laver, le plier, le repasser. Et s'il se trouve que ma mère l'a lavé, Annick le lave à nouveau...

L'accident nous a changés, évidemment. Nous ne réagissons plus de la même façon face aux événements de la vie courante. Quand la voiture ne démarre pas le matin, ma première pensée n'est pas : comment vais-je faire pour aller travailler ? Non, je me dis aussitôt : comment vais-je faire pour aller voir Robin à l'hôpital ?

On nous a volé notre voiture à trois reprises à Vitrolles, mais, maintenant, ça ne nous touche pas. Tous les petits tracas de la vie quotidienne, qui habituellement nous causent du souci, qui nous perturbent, nous n'y accordons plus guère d'importance. À côté de... Nous avons appris à relativiser.

La peur ne nous quitte plus. Pendant plusieurs mois, presque pendant plusieurs années, je vomissais tous les matins, à cause de la peur que j'avais pour Robin. Cela m'a passé, mais à chaque fois que nous arrivons à l'hôpital, l'angoisse monte. Nous ne savons pas comment nous allons trouver Robin.

Le plus difficile à supporter, c'est de passer par des hauts et des bas. On arrive à l'hôpital, Robin va bien, il a l'air paisible, nous fait des sourires. Et vlan, les médecins nous annoncent une mauvaise nouvelle, sans fondement précis. Mais peu importe ! Nous, nous regardons Robin progresser.

On a peine à imaginer combien il est difficile pour nous de gérer tous ces tracas et ces angoisses sans faillir. Il nous faut toujours avoir le moral, *malgré tout*, ne jamais baisser les bras. Il faut faire front devant lui : nous devons être forts, pour que lui soit fort.

C'est parfois très dur, fatigant, effrayant. Nous avons mis notre travail entre parenthèses pendant deux ans ; Annick a mis fin à son activité professionnelle et, aujourd'hui, n'est ni salariée, ni en arrêt de travail ni en congé maladie. Pour autant, nous n'avons pas mis notre vie entre parenthèses : nous avons vécu, nous avons vieilli, nos enfants ont grandi, nous avons fêté des anniversaires. Nous avons vécu, autrement. Autrement que ce que nous imaginions. La vie réserve toujours des surprises, bonnes ou mauvaises, gaies ou malheureuses…

Dans de telles situations, les couples peuvent ne pas résister. Cela se produit quand l'un des deux, le père ou la mère, refuse la situation : il ou elle se dit que c'est trop dur à supporter, et va reporter sa rage ou son refus sur l'autre. Et alors, soit le couple éclate, soit il se rapproche. Nous sommes, heureusement, dans le second cas. Le malheur de Robin ne nous a pas désunis, mais soudés ; et c'est ce qui nous rend plus forts pour l'aider. Annick et moi, nous nous appuyons l'un sur l'autre. Quand nous ne sommes pas ensemble, cela ne va pas. Quand Annick est là, je sais que je peux aller me reposer dans la salle d'attente, car je sais qu'elle est aux côtés de Robin, qu'elle sait ce qu'il faut faire pour lui. Je sais aussi qu'elle est capable de tenir tête aux médecins.

Heureusement, nous avons été soutenus. Nous avons parfois reçu des coups de pouce inattendus, des gestes gratuits. Mais nous n'avons pas reçu les soutiens qui auraient pu nous être utiles. Nous nous sommes heurtés à la bêtise de quelques-uns, à la méchanceté d'autres, au manque de compréhension d'autres encore. Nous avons été ignorés par les assurances, par l'Éducation nationale.

Pour certains parents qui se trouvent confrontés à la même situation que la nôtre, ou qui doivent surmonter l'épreuve du deuil d'un enfant, la religion peut apporter un réconfort.

Annick est croyante. Croire en Dieu l'a aidée, lui

a permis de passer des moments très difficiles. Elle est croyante, non pratiquante. Quand elle parle à Dieu, il n'y a pas de barrière, elle n'a pas besoin d'intermédiaire. Elle le dit, très simplement : « *Je m'adresse à Dieu pour Robin. Je prie en permanence, quel que soit l'endroit où je suis, quand je suis dans le train, quand je mange, je demande de l'aide pour Robin. Si Dieu avait voulu me le reprendre, Il l'aurait repris aussitôt, dès le 29 mars, Il l'aurait emporté le jour de l'accident. S'Il nous l'a laissé, c'est qu'Il compte bien nous le rendre en bonne santé.* »

Quant à moi, quand on me demande si je suis croyant, je réponds que je crois en mon fils, en mes enfants, en ma femme, en ma famille, en mes amis. Que je crois aux gens.

Je crois avant tout en moi et en ma femme. Je sais qu'Annick est capable de beaucoup de choses. La religion constitue son moyen à elle de puiser de la force. Je parle à Robin dans ma tête, mais c'est à lui que je m'adresse, pas à Dieu, pas à quelqu'un ou quelque chose d'autre. C'est Robin qui peut percevoir ce que je ressens, et personne d'autre. Je lui dis : « *J'espère que tu vas bien* », j'essaie de lui transmettre directement mes pensées et mes sentiments. Avec ma manière plus cartésienne de voir la vie, je préfère croire dans la réalité, dans l'homme, dans ses possibilités.

Pendant ces cinq ans, nous avons beaucoup appris.

Une épreuve, cela fortifie aussi. On apprend à prendre sur soi. On apprend à gérer sa pensée, à l'exprimer aux autres. On apprend aussi à communiquer, avec les journalistes, avec les hommes politiques...

Nous avons appris à nous battre. Quand, à peine trois semaines après l'accident, des médecins nous ont dit : « *On ne peut plus le garder en réanimation* », quand ils ont voulu le placer dans un centre de soins palliatifs alors que nous voulons qu'il bénéficie de soins de rééducation, il nous a fallu lutter pour imposer notre volonté, dans l'intérêt de Robin. Un simple facteur et une simple secrétaire, allez vous battre contre des médecins, des chefs de clinique !

Nous avons aussi appris à parler aux journalistes. L'histoire de Robin, dans le fond, c'est un fait divers, qui est parfois traité comme tel dans les journaux. Mais c'est surtout une histoire de cœur, et tous les journalistes que nous avons rencontrés, tous sans exception, nous ont dit à quel point elle les a bouleversés. Les uns sont outrés par ce qui arrive à Robin, les autres pleurent, d'autres encore se mettent dans une colère noire ; je dois même parfois modérer leur indignation pour que cela ne nous retombe pas dessus... Certains nous disent qu'ils ne parviennent pas à conserver le détachement que requiert leur métier. Une journaliste de *Closer* nous a dit : « *Il va falloir que je fasse attention, parce que je suis en train de m'attacher à votre histoire, à Robin.* » Il s'est passé la même chose avec RTL, Europe 1, *Maxi*, *Le Figaro*... Nous avons gardé des contacts avec plusieurs photographes de presse, qui nous demandent régulièrement des nouvelles de Robin.

Les journalistes des médias locaux ne sont évidemment pas en reste, surtout la radio Maritima et le journal *La Provence*, qui doit en être à son cinquantième article sur Robin, car son histoire les a touchés, comme beaucoup de gens à travers la France.

Nous avons vite compris que, pour aider Robin, il fallait le faire connaître, raconter son histoire. Nous nous sommes constitué un réseau, dans tous les domaines : la communication, la presse, les médias, le monde médical, la politique, le *show-business*... Il a fallu que nous prenions des contacts à droite et à gauche, que nous allions frapper aux portes. Ce n'était pas dans nos habitudes, ce n'était pas notre caractère. Mais il le fallait, pour Robin.

C'est le message que je voudrais transmettre ici aux parents qui seraient confrontés à la même situation que nous : il ne faut pas avoir peur d'aller frapper aux portes, même les plus hautes, même celles des directeurs, des chefs, des ministres et des grands pontes. Même si dix portes sont fermées, la onzième s'ouvrira. Et alors, il faudra mettre le pied dans l'ouverture de la porte pour éviter que la porte ne se referme.

XIII
Un message d'espoir

Ce que l'amour te donne, la vie saura bien le reprendre.
Et ce que la vie te prend, il y aura bien une force,
qui serait encore une force de la vie, pour te le rendre.
Marko Ristic

Vivre une telle épreuve, qui est peut-être l'une des plus difficiles que l'on puisse imaginer, incite aussi à aller aider les autres, tout en s'aidant soi-même. Spontanément, nous sommes venus en aide aux parents de malades que nous avons rencontrés, à l'hôpital, dans des salles d'attente, dans des couloirs de services de réanimation… Les aider, c'est tenter de leur éviter de vivre le martyre que nous avons vécu nous-mêmes, seuls. Si on ne peut pas leur épargner totalement ces souffrances, du moins essayons-nous de les leur faire supporter différemment. Nous ne sommes pas médecins, mais nous avons du métier, de l'expérience, un vécu. Nous sommes passés par-là, nous aussi.

Dans cette situation, on est seul au monde – on se sent seul au monde. On se sent complètement démuni, on est au fond d'un abîme. Et les médecins en jouent.

Nous voudrions que ce livre offre un peu de réconfort à ceux qui connaîtraient également cette épreuve.

Quand nous rencontrons des parents éplorés, désemparés, choqués par la nouvelle qu'on leur a apprise, comme nous l'avons été cinq ans auparavant, nous nous efforçons de les conseiller, de les rassurer, nous leur expliquons ce que leur ont dit les médecins...

Nous tentons de leur faire comprendre que tant qu'il y a de la vie, il y a de l'espoir, et que les médecins ne sont que des médecins, qu'ils ne sont pas infaillibles, qu'ils peuvent se tromper dans leur diagnostic, qu'ils peuvent annoncer à tort la mort de quelqu'un. Nous ne disons pas que les médecins ont tort, nous disons seulement que leur jugement n'est pas absolu, mais subjectif, qu'il peut donc être erroné. Nous expliquons que, si le médecin a prédit telle issue, il peut se passer une autre chose, personne ne connaît la finalité ultime.

Il faut trouver les mots justes, sans donner de faux espoirs. Nous ne mentons pas : nous ne disons pas à un père éploré : « *Votre enfant va vivre* ». Nous l'aidons à supporter cette épreuve d'attente.

Nous rencontrons souvent des parents choqués par la vue de l'être cher, effrayés par l'aspect de leur enfant, couvert de brûlures, avec des tuyaux partout… Nous les incitons à ne pas avoir peur ; nous les conseillons sur l'attitude à adopter face à leur enfant, qui est toujours un être vivant, le même que celui qu'ils ont connu et aimé, le même que celui à qui ils ont parlé la veille ou le matin même. Il est vivant, donc il faut l'aider.

Cette réaction, nous l'avons vécue nous-mêmes. Annick, juste après l'accident, n'osait pas toucher Robin ; elle était pétrifiée. Elle est restée ainsi pendant une semaine, à ne pas pouvoir toucher notre fils, alors qu'au contraire il fallait qu'il sente ses mains, qu'il entende sa voix. Les animaux agissent de la même manière : les mamans chiennes écartent de leur portée le chiot qui est le plus faible, le plus chétif, alors qu'au contraire il faudrait l'aider.

Nous incitons surtout les parents à dépasser leur premier réflexe, qui est un sentiment d'impuissance. On se dit tout de suite : « *Je ne peux pas l'aider.* » Nous leur expliquons donc qu'ils peuvent aider leur enfant, en le touchant, en lui parlant, en le massant, en lui faisant la lecture… Cela a beaucoup aidé Annick, qui elle aussi se sentait impuissante : elle lui a lu des dizaines et des dizaines de livres, pendant des heures, et nous voyions le pouls de Robin diminuer, nous le voyions se calmer, s'apaiser, alors qu'il était pourtant dans le coma. Se sentir utile à son enfant aide à évacuer le stress et réduit, un peu, la douleur. Nous faisons comprendre aux parents que, s'ils sont présents dans la salle d'attente, c'est pour aider leur enfant, pour tenter de lui apporter quelque chose : ce n'est pas un médicament, pas un traitement, mais une présence et une affection qui comptent aussi, à côté de la prise en charge médicale et des soins.

J'en suis convaincu, la famille et les amis sont des êtres aussi importants pour le patient que les médecins, sinon plus importants. Si nous n'avions pas été là dès le premier jour à côté de Robin, si nous ne l'avions pas touché, massé, si nous ne lui avions pas parlé, il serait sûrement mort aujourd'hui.

Quand nous voyons devant nous des parents pleurer, nous essayons de leur dire que pleurer, c'est bien, mais pas devant le malade : on a le droit de pleurer, mais en dehors de la chambre. Devant lui, il faut essayer de lui donner le plus de choses positives, le plus d'encouragements et de soutiens. Tandis que la maladie va le tirer vers le bas, notre rôle est de le tirer vers le haut, de le sortir de la mort. De le tirer par les cheveux, peut-être par un seul cheveu. On va le faire tout doucement, pour ne pas le casser, ce seul cheveu qui le retient à la vie. On n'est pas grand-chose ; la vie est tellement fragile.

Ce partage avec d'autres, c'est un enrichissement pour nous.

C'est comme une aura autour de nous : peut-être portons-nous sur notre visage cette capacité particulière à redonner le moral à des parents qui sont terrassés par une grande peine.

Mais ces contacts avec les autres familles sont également éprouvants pour nous : nous sommes comme des éponges, nous absorbons leurs souffrances et, le soir, nous rentrons chez nous le cœur gros, nous sommes tristes, lessivés, alourdis de toute leur détresse. Leurs peines, nous les connaissons tellement bien, pour les avoir nous-mêmes éprouvées, que nous les absorbons, que nous en sommes imprégnés, que nous les vivons avec eux. Nous les vivons à nouveau.

Dans les salles d'attente, nous rencontrons parfois des psychologues. Quand nous les voyons arriver, avec leur sourire – ils ont toujours la même expression du visage –, nous sommes déjà las, blasés. Ils ne servent à rien ! Ils ne savent pas de quoi ils parlent, alors comment pourraient-ils aider qui que ce soit ? « *Oui, je comprends, c'est dur.* » Mais que comprend-elle ? Elle n'a jamais connu ça, jamais vécu ça de l'intérieur, dans sa chair. C'est de la fausse empathie, un mélange de comédie et de phrases toutes faites, qui sonnent creux. Je ne leur en veux pas, ils ne manquent pas de bonne volonté, mais ils n'apportent aucun réconfort, aucune consolation. Plutôt qu'à des psychologues, les hôpitaux devraient, de manière plus intelligente, recourir à des gens qui ont connu de telles souffrances, qui possèdent ce vécu.

***

Une question revient souvent : celle de « l'acharnement thérapeutique ».

Non, nous ne pratiquons pas d'acharnement thérapeutique : nous aimons notre fils, c'est tout. Ce n'est pas de l'acharnement, c'est de l'amour. Nous avons la volonté de faire vivre notre fils. Tout simplement. Parce qu'il n'y a rien de plus important que de vivre. Robin est là, bien vivant, encore vivant, et nous devons l'aider.

Faut-il débrancher quelqu'un qui se trouve dans un coma profond ?

Cette question est sûrement la plus redoutable, la plus cruelle, la plus douloureuse à laquelle un père, une mère, un fils, un époux, puisse être confronté.

Chacun y répond en son âme et conscience. Sa décision, quelle qu'elle soit, demande beaucoup de courage. Et, quelle qu'elle soit, elle est forcément la bonne, puisque c'est la sienne, prise avec tout son amour.

C'est particulièrement difficile, nous le savons, nous sommes passés par-là et, en partageant notre expérience, nous espérons que ceux qui auront à répondre à une telle question se sentiront moins seuls.

Nous n'avons pas de recettes à donner, car nous avons retiré de notre parcours un enseignement : c'est qu'il n'y a qu'une seule bonne solution, celle qu'on choisit au fond de son cœur et au plus profond de son amour. Il n'y a qu'ainsi qu'on peut choisir, soit de prendre le chemin de la vie, soit de laisser partir l'être aimé, et qu'on peut ensuite tenter de trouver un apaisement, avec le temps.

C'est un choix de cœur, pour lequel on a besoin d'être bien informé et de prendre vraiment son temps, et ni l'une ni l'autre de ces conditions ne sont en général réunies : les médecins noircissent en général le tableau, et exercent des pressions sur nous. Et il arrive parfois que notre choix en choque plus d'un dans notre entourage. Il faut prendre son temps, laisser le temps mûrir notre choix. Prendre sa décision, quelle qu'elle soit, en prenant le temps et en connaissance de cause est le meilleur chemin pour accompagner son enfant, et pour assumer ce choix, pour assumer tout ce qui va se passer « après »…

Nous, nous avons voulu défendre la vie de notre fils, c'est ce que nous dictait notre cœur. C'est la voie que voulaient aussi suivre Maxime et Morgane, ainsi que nos parents. Pourquoi, comment aurions-nous pu décider de « tuer » notre fils ? C'est une décision qu'il a été particulièrement difficile de faire accepter au monde médical, à la Timone, encore à San-Salvadour on nous en a fait le reproche, parce que cela pose des problèmes médicaux, humains, juridiques, financiers. Mais en prenant cette décision, nous savions que nous aurons tout fait en accord avec notre cœur pour notre fils et que nous nous serons battus pour lui. C'est comme une force d'amour qui nous a poussés à prendre cette décision, et plus le temps passe, plus nous nous sentons confortés dans notre choix. Les progrès même de Robin nous montrent que nous avons eu raison.

Rien n'est pire que la négation d'une vie.

En tant que parents de Robin, nous considérons que personne ne peut savoir à notre place ce qui est le mieux pour lui.

Pour autant, ce choix n'appartient qu'à nous, et nous ne prétendons pas que c'est la meilleure décision à prendre quelles que soient les circonstances. C'est uniquement notre expérience, qui est le résultat de notre vie passée, de notre vie de couple et de notre vie passée avec Robin. Chacun doit trouver sa propre route du cœur. Cette réflexion est strictement personnelle et, dans toute cette détresse, il faut être particulièrement fort pour résister aux pressions.

Notre choix n'a pas toujours été bien perçu autour de nous. À croire que le fait que Robin ne puisse pas vivre « comme avant » fait de lui « quelque chose » dont on doit se débarrasser au plus vite, comme la batterie d'un téléphone qu'on n'utilise plus. Ceux qui n'ont pas vécu notre histoire ne peuvent pas comprendre, ils pensent bien faire en nous disant que nous devons « *aller de l'avant* »... On nous a parfois dit que nous infligions des souffrances inutiles, comme si le fait d'en terminer au plus vite aurait pu minimiser notre peine : comme si « tuer » notre fils nous aurait permis de nous sentir mieux ! On croit rêver... En tout cas, de tels « conseils » ne nous ont pas dissuadés de nous battre pour Robin, et ne nous ont pas fait baisser les bras. Ce temps qui nous est donné de vivre avec lui, après le 29 mars 2009, est un temps de vie et d'amour, car tant que Robin est vivant, c'est une période de vie et d'amour à partager avec lui et avec Maxime et Morgane.

Chaque personne a le droit d'être soignée comme il faut, comme elle le mérite. Notre fils a droit à sa chance. Pour y parvenir, nous mettons toutes nos forces dans la bataille et nous gagnerons ensemble ce combat difficile qui force l'admiration de certains, qui nous avouent leur abandon probable face à cette situation et louent notre courage. Nous répondons toujours : « *Ce n'est pas du courage, mais de l'amour pour notre fils et de l'amour de notre fils pour nous, notre fils qui, malgré ses douleurs immenses, continue à se battre pour revenir chez lui avec ses parents, son frère et sa sœur.* » Et comme je le dis souvent, « *les seuls combats que l'on ne gagne pas sont ceux que l'on ne mène pas* ».

L'espoir peut tout.

Ceux qui souffrent peuvent trouver une force dans la présence, même silencieuse, de ceux qui sont près d'eux. Il n'y a pas que le bonheur qui se partage ; il n'y a pas que les rires et la joie qui se partagent. Les pleurs et les souffrances font partie de toute vie d'homme.

XIV
Un grand merci !

Ce n'est pas tant l'aide de nos amis qui nous aide que notre confiance dans cette aide.
Épicure

Depuis l'accident, nous sommes très entourés par nos proches, par notre famille, par nos amis. Ce livre nous offre également l'occasion de les remercier. Je ne peux pas les citer un par un, bien que je le voudrais, mais nous les portons tous dans notre cœur. Ils s'occupent de nos enfants, les accueillent chez eux… Ils nous soutiennent autant moralement que physiquement.

Je tiens également à rendre hommage à Maurice Attia, président de l'association Céline et les autres, directeur de l'école de danse Évolution à Marseille, qui, par ses connaissances, ses conseils, son engagement, ses spectacles et sa réelle gentillesse, nous a permis de cheminer depuis deux ans. Son intervention nous a en particulier aidés à faire transférer Robin à Marseille. Nous ne le remercierons jamais assez.

Nous sommes aidés par plusieurs associations, Céline et les autres, David contre Goliath, Orlandi sport, web13tv.tv, des blogs et des sites web, de France, du Canada ou des États-Unis, et encore par des écrivains tels que Pierre-Louis Besombes ou Alfred Mauro et ses « mardis littéraires » au Don Corleone à Marseille.

La mairie de Vitrolles également répond présente à chaque manifestation de l'association. Notre regretté maire Guy Obino nous téléphonait quotidiennement pour prendre des nouvelles de Robin, il nous a même avoué, en nous demandant de garder le secret (nous pouvons le dire aujourd'hui car il nous a malheureusement quitté, qu'il priait tous les jours pour Robin. Son successeur, Loïc Gachon, Isabelle Rovarino, Jean-Pierre Cardonna ont continué sur cette voie et nous aident dès que nous en avons besoin.

Mais notre principal soutien vient de l'association Robin Richard.

Elle constitue depuis cinq ans une part importante de notre vie, avec des hauts et des bas. Elle a été créée juste après l'accident par notre voisine, Ingrid, qui avait été la nourrice de Maxime et de Robin. Ingrid en est aujourd'hui la vice-présidente.

En avril 2007, Ingrid a proposé à Max Blanc, le professeur de sport de Robin, et à Rémy, un père qui participait à la sortie, de monter une association « *pour aider Robin et sa famille* ». À ce noyau se sont joints des voisins, des connaissances, des amis de Robin et leurs parents, que nous connaissions depuis l'école maternelle.

Ils se sont démenés pour nous, ils ont organisé avec courage et énergie des actions de solidarité, ils ont monté des spectacles pour récolter des fonds – à l'époque, nous ne travaillions plus – et permettre de nous décharger de ce souci financier. Quand nous avons cassé notre voiture, ils nous ont aidés à nous en procurer une autre. Ils nous ont également permis de bénéficier du soutien d'un des tout meilleurs avocats de France, maître Gilbert Collard. La première année, heureusement qu'ils étaient là !

Un premier spectacle a eu lieu le 29 juin 2007, deux mois après l'accident. Nous avons enregistré deux fois plus d'entrées payantes que Ségolène Royal qui tenait meeting quelques jours plus tôt… C'était un beau spectacle, pour une belle cause.

Mais peu à peu nos manières de penser ont divergé. Pour nous, la vie s'est arrêtée le 29 mars 2007. Pour les autres, elle a continué.

A contrario, nous avons fait l'expérience de la bassesse de certaines personnes, quand nous avons été victimes d'une escroquerie, sur le dos de Robin. Lors d'un spectacle aux Pennes Mirabeau, j'ai été racolé par un homme, Pascal, président d'une association de camions décorés, Les *trucker's* du cœur. Il nous a proposé de monter une manifestation à Martigues. Pourquoi pas ? Nous nous sommes vus ensuite à la mairie de Martigues, il a été alors convenu que tous les bénéfices du week-end iraient à l'association Robin Richard, c'est ce qui fut écrit dans la presse, sur le bulletin municipal… Nous, pas méfiants, nous n'avons pas demandé à signer un document, nous n'avons demandé aucun contrat.

La manifestation eut donc lieu les 3 et 4 octobre 2009 : une grande concentration de camions, avec des stands, des tours de poneys… Ce fut un grand succès, avec un public nombreux Quelques jours après, le responsable de l'association m'appela et proposa de me donner trois mille euros ! « *On a eu beaucoup de frais* », se justifia-t-il. Je fis un rapide calcul : avec pas moins de deux mille cinq cents entrées payantes à cinq euros, on était loin du compte, sans compter qu'il avait reçu une subvention du conseil général et que le matériel (la télévision, le podium) lui avait été prêté par la mairie de Martigues. Je lui expliquai, le ton monta, il s'énerva. Gros malabar, il me menaça : « *Si ça ne te plaît pas, je te pète la gueule !* » Finalement, il me proposa deux mille euros, c'est-à-dire le bénéfice annuel de son association, et non pas, comme prévu, le bénéfice du week-end. En fait, la manifestation lui a permis de se renflouer et de rembourser toutes ses dettes, les siennes propres et celles de son association, sur le dos de Robin, en se servant de sa souffrance pour attirer les gens.

Mais le maire de Martigues n'a pas voulu aller plus loin. Nous n'avons pas voulu aller à la remise du chèque de deux mille euros royalement versés à l'association Robin Richard, qui aurait normalement dû recevoir au moins cinq fois plus. Et, dans cette affaire, nous sommes passés pour les méchants, alors que nous avions osé dire la vérité : que cet homme nous avait arnaqués !

Peu à peu, l'association s'est renouvelée. D'autres femmes et hommes de bonne volonté ont remplacés les volontaires de la première heure, Max a démissionné, mais pas Ingrid, qui a été ravie de voir arriver des têtes nouvelles ; ce sont eux qui constituent les membres actuels de l'association. Ils sont imaginatifs, débordants d'idées pour nous aider, prennent régulièrement de nos nouvelles, sont prêts à venir à Paris pour nous donner un coup de main… Maintenant, nous avons plaisir à nous retrouver. C'est une véritable équipe ; ils veulent nous aider, et aider Robin.

La chaîne de la solidarité continue ! Un spectacle a encore eu lieu le 28 avril 2012 à Vitrolles. La télévision aussi se mobilise : Jessica et Frédéric, deux candidats de Pékin Express, le passager mystère, qui avaient été demi-finalistes lors de leur participation, ont décidé de retenter l'aventure pour soutenir

Robin. Ils emmènent au bout du monde tous nos espoirs pour Robin.

Tout au long de ces cinq ans, nous avons reçu de nombreux messages d'encouragement ; je veux en citer quelques-uns :

« *Ça n'a pas dû être facile, car c'était mettre en cause les certitudes du corps médical et les pressions n'ont pas dû manquer. Belle preuve de courage et d'amour. Quand on voit au travers des faits divers combien d'enfants sont délaissés par leurs parents, Robin s'il a eu la malchance d'être touché par la foudre se rendra vite compte qu'il a la chance d'avoir des parents extraordinaires.* »

« *Il faut s'accrocher et parcourir les méandres de la médecine, jusqu'à la bonne rencontre. Bravo Robin, il a fallu beaucoup de courage pour supporter cette épreuve ! Le professeur Lantieri est un grand médecin !* »

« *Ne jamais abandonner ! Enfin une belle information. Cela me réjouit.* »

« *Il devrait être mort, mais non il est bel et bien vivant. Une pierre dans le jardin des partisans de l'euthanasie.* »

« *Un grand bravo à ce garçon pour sa volonté et à toute son équipe médicale et sans oublier ses parents qui se battent pour l'aider.* »

Ces messages d'encouragement, nous les envoyons à tous les parents qui sont confrontés à l'épreuve de la maladie, de la vie, de l'amour.

***

Merci à notre famille pour son soutien, merci à tous nos amis pour leur aide, merci à tous du fond du cœur. C'est aussi grâce à vous que Robin est encore là et qu'il se bat.

Que dire de tant de gentillesse et d'amour, sinon crier bien fort : « *Merci, on vous aime !* »

ÉPILOGUE

L'amour est le moyen inventé par la nature
pour vaincre la mort.
Jean Guitton

Depuis le jour de l'accident, où Robin a failli nous quitter, nous n'avons jamais cessé d'espérer, de croire en ses chances de survie, d'une guérison et d'un retour chez nous en famille. Nous n'avons jamais cessé de croire qu'un jour nous reprendrons une vie normale, comme avant – sans problème avec l'école, des vacances, des fêtes, des voyages, la famille, les copains, puis le mariage, un travail, des enfants, des petits-enfants, bref tout ce que peuvent souhaiter des parents qui ont trois beaux enfants.

Du printemps 2007 à aujourd'hui, cela fait déjà cinq ans, qui sont passés incroyablement vite. Le 29 mars 2007, pour nous, c'était hier. Quand on a la peur au ventre au quotidien, quand on a en permanence le ventre noué par la crainte de perdre son fils, quand on n'a pas la possibilité de récupérer, de souffler ne serait-ce que quelques instants, on a l'impression que le temps passe très vite. Dans l'angoisse, les minutes, les heures, les journées défilent à toute vitesse, le temps prend une intensité rare. Cinq ans vécus dans l'urgence permanente, cinq ans intenses, paraissent avec le recul n'avoir duré que quelques semaines, quelques mois.

Ces cinq années de combat n'auront pas été vaines. C'est une lutte qui a des résultats positifs, finalement. Robin a réussi à faire fléchir certains médecins. Robin, de son côté, nous accompagne en faisant de petits progrès. Annick dit souvent que c'est comme s'il pensait : « *Papa et maman ont obtenu telle ou telle avancée, il faut que je fasse quelque chose de plus pour les soutenir.* » Par exemple, depuis son arrivée à Bullion, il fait pipi tout seul. Quand nous sommes au fond du gouffre, quand nous voyons que rien n'avance, Robin le sent et fait un progrès, quelque chose de rien du tout, sans que nous puissions comprendre comment il réussit à le faire ! Quand il sent que papa et maman sont en train de s'effondrer, il nous redonne de l'énergie et du courage.

Il ne devait jamais sortir du coma, il en est sorti.

Il ne devait jamais respirer sans machine, il respire tout seul.

Il ne devait plus jamais avoir aucune réaction, rester à l'état de « légume », aujourd'hui il sourit, pleure, écoute, regarde la télévision, réagit à nos blagues, s'énerve quand il n'arrive pas à faire quelque chose.

Quand on le lui demande, même avec la bouche bloquée, il mord, difficilement, mais il mord.

Il ne devait plus jamais bouger même un orteil, aujourd'hui il serre la main pour dire oui, tourne sa tête de gauche à droite, il la tient tout seul, sans appui. Il bouge ses orteils, balance tout doucement ses jambes, il tient debout avec l'aide du kinésithérapeute et replie ses jambes quand on lui dit qu'on va le remettre assis.

Surtout les médecins lui donnaient deux mois à vivre : aujourd'hui, cinq ans après, il est toujours vivant et bien vivant.

Mais le temps joue contre Robin. Plus le temps passe, moins il a de chances de récupérer : plus les soins sont donnés rapidement, plus la récupération est possible. Le cerveau, à la fois muscle et organe, doit être en activité en permanence ; il faut l'informer, pour qu'il puisse faire fonctionner l'ensemble du corps, de sorte que, plus on attend avant de retrouver une activité normale, plus le cerveau va s'atrophier, moins les organes concernés, les membres et les muscles vont être sollicités, moins ils vont réagir. Par conséquent, plus le temps passe, plus le cerveau aura de difficultés à retransmettre les informations. C'est-à-dire que les chances de récupération de Robin s'amoindrissent avec le temps.

Le temps a d'ailleurs été utilisé par les médecins comme un argument, contre Robin : combien de médecins nous ont dit et répété que, cinq ans, cela commence à être long pour qu'une récupération soit possible. Ce n'est pas vrai, puisque notre fils continue toujours à faire des progrès.

On nous dit souvent qu'il est fragile, depuis cinq ans on nous rabâche ce refrain, mais je ne connais personne de plus courageux, de plus fort que ce garçon, frappé par la foudre, le corps tétanisé, donné pour mort, resté sept mois dans le coma.

La foudre avec son extrême puissance a essayé de nous priver de notre fils, mais Robin a été plus fort que la foudre, il est bien vivant, prêt à reprendre la vie qu'on a voulu lui retirer un 29 mars 2007.

Il devait être mort, mais il est toujours là. Cela veut dire qu'il se bat pour vivre. Notre rôle est donc d'agir pour l'aider à récupérer et pour que sa vie s'améliore. Morgane dit souvent qu'on ne peut pas baisser les bras, *a fortiori* quand on constate qu'il fait des progrès.

Aujourd'hui, à la grande surprise des médecins, son état s'améliore. Depuis cinq ans, les progrès sont là : il a repris du poids, il retrouve progressivement les gestes de la vie quotidienne. Quand on le met en station debout, il supporte son poids. Il progresse tout doucement, mais sûrement.

Notre fils est-il un miraculé ? Il est vrai qu'il paraît incroyable qu'un garçon qui a connu un tel accident ait pu recouvrer la santé et certaines capacités. Les médecins ne parviennent pas à tout expliquer. Comme l'a reconnu lui-même le professeur André Liénard, chef du service anesthésie et réanimation de l'hôpital Saint-Antoine à Paris, « *la médecine n'est pas une science exacte* ». C'est le moins qu'on puisse dire !

Cette perspective d'une nouvelle vie pour Robin nous redonne une bouffée d'espoir.

Nous, qui n'avons jamais renoncé, sommes convaincus qu'il remarchera un jour.

Il ne s'agit pas de se mentir sur l'état de santé de Robin. Mais nous avons obtenu, Annick et moi, des résultats et un réel progrès, nous qui sommes un simple facteur et une simple secrétaire, alors si c'étaient des professionnels qui s'en occupaient…

Jusqu'à ce que Robin arrive à Paris, les médecins n'ont rien fait ou presque pour faire progresser notre fils et, à la vue des progrès que nous constatons, nous avons beaucoup d'attentes. Non pas des rêves, mais l'espoir certain qu'il remarchera, qu'il reparlera et qu'il pourra mener une vie « normale ».

Il est trop facile de dire : « *Robin ne fera jamais ceci ou cela* », sans essayer au préalable de lui donner la chance de le faire, de chercher des solutions pour le faire avancer. Robin fait absolument tout ce qu'on lui demande, avec beaucoup de mal, mais il le fait et alors qu'il ne bénéficie pas de soins adaptés. Les médecins n'ont pas assez essayé pour que nous acceptions de renoncer et que nous disions : « *D'accord, on laisse tomber.* » Nous continuerons jusqu'au bout et Robin rentrera sur ses pieds en chantant chez lui.

Nous ne croyons pas au père Noël, et nous sommes conscients de la gravité de ce qui est arrivé à Robin, mais, vous qui me lisez, connaissez-vous quelqu'un, un enfant de quatorze ans, qui a été touché par la foudre ? Non, bien évidemment, et les médecins non plus, mais est-ce une raison pour abandonner ? Faudrait-il baisser les bras, comme tant de médecins indignes du serment d'Hippocrate nous l'ont conseillé ? Non, bien sûr ! Quels parents indignes serions-nous…

Nous aimons notre fils et nous le sauverons.

Pour prendre contact avec l'Association Robin Richard,
écrivez à :

Association Robin Richard
Arcades de Cîteaux
BP 40235
13746 Vitrolles cedex

téléphone : 06 23 47 50 90
courriel : association.robinrichard@laposte.net
site Internet : http://asso.robinrichard.free.fr/

Pour vous tenir informé
des prochaines publications
des Éditions Jacob-Duvernet,
contactez Louis de Mareüil :
louis.demareuil@editionsjd.com
01 42 22 63 65

ou rendez-vous sur le site
www.editionsjd.com

Cet ouvrage a été imprimé en France
par CPI Bussière
à Saint-Amand-Montrond (Cher)
en août 2012

ISBN : 978-2-84724-421-2
N° d'impression : 122661/1.
Dépôt légal : août 2012.